防风林的外边

黄启泰 著

九州出版社
JIUZHOUPRESS

对镜

比利时画家马格利特有一幅画：一位男子站在镜前，镜中却映现他的背影，而不是脸。因为镜台上的书本忠实地反射在镜中，表示他看见的倒影确实是自己。然而，如果镜子是真实的，为什么人和书本反射出不同的镜像？第一次看到这幅画是在大学时，有一种莫名的困惑，如果我们不认识画中男子，即使画中的背影转过身来，也无法证明镜中的脸是这位男子。如果镜子是真实的，一个人看到的却不是自己，而是他人的倒影，应该只有在自我否认和幻觉中才可能产生这样的扭曲吧？《防风林的外边》写于我大学和研究所求学时，或许可以比拟为这种自恋带着他人倒影的寻找认同记录。

《防风林的外边》首次出版于1990年（尚书文化），书中作品大多是受已故作家林燿德邀稿。《年轻计程车司机的海岸心事》是书中最早完成的作品，参加当时文建会举办的第1届青年文艺作品研讨会，长达十天的研讨会，每个学员的作品都会由两位文坛老师讲评，林燿德先生当时担任这篇小说的讲评老师（写到这段回忆，不禁想起热忱的承办人柯基良先生和苏桂枝小姐，柯先生已于2017年离世，作家袁哲生也是其中的学员）。往后几年林燿德先生陆续和我邀了《少年维特的烦恼导读》《魔王为父》《秋日盐寮海边》及《觅食者的晚宴》等文，刊载于《联合文学》和《幼狮文艺》等杂志，后面两篇发表时并由郑明娳和张惠娟两位教授撰文导读。《韩波的朋友》和《角力》是最后发表的作品，当时是1997年，接下来到英国求学后，就几乎没有作品发表了。2000年夏天，元尊文化计划重新出版《防风林的外边》和另一些未集结的作品《花与美神相食的存亡录》，编校完成后，一直没有上市，后来听到主编杨淑慧病逝的消息。这些年来，我转换生涯跑道，不再挂记书稿下落，也许是刻意放手，且让这些作品随风飘逝、远离我的生活！转眼之间，《防风林的外边》出版将近三十年……朱岳先生去年来函表示有意在大陆出版简体字版，历经这些年迁徙，文稿早已不知去向，我回信敷衍回老家找找，沉寂了半年，朱岳先生请人在台北的范纲桓先生协助我扫描原书和杂志影本，转档为文字，解决技术上的难题。因缘际会，仿佛希望和读者见面的不是我，而是书，书自己本身有生命与其意志，这些年的荒废也许不是没有意义，让我有充裕时间从容离开过去的自己，让这些作品自身沉浸在时光流逝的安静中，经过许多年，我也该心平气和看待作品中的孤独和冲突了。

许多人问我为什么近三十年没有新作发表，或是什么时候准备拾笔重写小说，真是难以回答的问题。我通常回说这辈子从事心理学研究的时间远超过写作时间，写作用的脑敌不过研究用的脑，表示大脑结构可能已被经验重塑。"用进废退"的说法听起来有几分道理，但与我的内心感受并不相符。我不确定其他写作者是否和我一样曾有过和未曾谋面的人神交的经验，我总觉得一个人一旦曾经立下盟誓投入创作，承诺要真诚对待生命，不管以后他是否踏上以创作为生的道路，那种决心会持续影响他在往后人生与世界相处的方式，让他觉得与喜欢的作家心灵相契，面对这些作家经历的痛苦特别敏感，仿佛是一起长大的朋友，一种无法确定何方而来的友情让我在精神上可以无忧地依附他们。今年1月份，我看了一部土耳其导演努瑞·贝奇·锡兰[1]的电影新作《野梨树》，大学刚毕业、一心想成为作家的锡南，带着刚完成的小说《野梨树》回到家乡，寻找出版机会。有一幕锡南打开卧房的衣柜，导演引导观众注意贴在门背面的相片，我认出其中一张嘴角衔着烟的男子是卡缪[2]。另外一幕锡南在暴雨骤至前跑进小镇的书店躲雨，当他走上二楼与本地作家展开侯麦（法国导演）式的冗长对话前，镜头停留在楼梯旁墙壁上的海报，我认出了几位作家

---

1 大陆译为努里·比格·锡兰（Nuri Bilge Ceylan, 1959—　）。——编者注
2 大陆译为阿尔贝·加缪（Albert Camus, 1913—1960）。——编者注

的脸孔：卡夫卡、吴尔芙、雷莘[1]、乔艾斯[2]及汤玛斯·曼[3]，卡夫卡深邃的眼神从我年轻时就一直以那种方式凝望着我，在那瞬刻间，不禁热泪盈眶，我强烈感受到和这些作家之间的心灵共鸣，觉得导演和我，以及这些逝者都是同路人，"天地者，万物之逆旅；光阴者，百代之过客"，在时光的洪流中，仿佛有个生者与逝者隶属的无形国度，而这是我从事心理学研究多年不曾有过的感动。我知道年轻时的誓言和承诺并没有因为世故而消失，像小白羊颈项间的铃铛在山海交界处轻唤，维持着现实和想象的边界，一股良心般的力量始终支持着我。虽然是难以回答的问题，可是人生至此，我也没有再多可以逃避的借口哩！

这些年来，如果有些长进，或许是和自己相处得比较舒适，站在镜子前面，不再因为忧心镜中背影是不是自己而困惑。我学会用时光推进的方式，将马格利特的画解读为未来式：仿佛有个迫不及待需要即刻前往处理的要事，也许太过于紧急，画家来不及让我们看到镜中的脸，男子就转身离去，因为太迅速了，我们只看到离去的背影。我想用诡辩来自我安慰，或许离开才是有益作品的健康，像埋在泥土里的果实，让它们不受干扰地分解、重新抽芽，即使因而被遗忘，其实都没有什么不好。在这些小说作品中，我写过自己，也描写过他人，有些人可能完全不知道他们

---

1 大陆译为多丽丝·莱辛（Doris Lessing，1919—2013）。——编者注
2 大陆译为詹姆斯·乔伊斯（James Joyce，1882—1941）。——编者注
3 大陆译为托马斯·曼（Thomas Mann，1875—1955）。——编者注

曾经进入虚构世界，有些人或许洞察到我的灵感来源，但尚未查证就已离开这个世界，把秘密带走，所以我是唯一知道这另一半秘密的人。如果作品完成后，作者和作品之间的关系就脱离了，往后解读作品都是读者自家的事，容我把镜中的背影当作是作品，转过身后是不是镜前的人，其实就无关重要了。

关于海，与及波的罗列

黄锦树

黄启泰的《防风林的外边》1990年初版于台北，尚书出版社，距今已二十八年，台湾文坛记得这作者的人大概不多了。因为《防风林的外边》之后，作者几乎就从文坛消失，大概努力当一个学者去了。还记得这名字的，大概就几个写作的同代人。

《防风林的外边》在1999年左右曾经有一次重新出版的机会，台北元尊出版社杨淑慧女士甚至找我为它写过序，后因杨女士猝逝而作罢。元尊原拟出版的黄启泰小说是两本，包含一本题作《花与美神相食的存亡录》的新著。其中有四篇（即《韩波的朋友》《觅食者的晚宴》《穿过记忆的欲望》《角力》）如今被移到简体版《防风林的外边》。尚书版《防风林的外边》收了八篇小说，除了《黑狗奇遇记》之外，其他七篇都重现于简体版。换言之，简体版《防风林的外边》是迄今最完整的版本。

几年前，我曾经在一篇讲稿[1]里提到，在《防风林的外边》集子里主要的几篇小说发表的 1988 年间，恰也是同龄人骆以军（1967）初试啼声，在文学奖试身手的时候；比我们小两岁的赖香吟（1969）、邱妙津（1969—1995），比我们年长一岁的袁哲生（1966—2004）也开始发表作品了[2]。但他受肯定是 1994 年以《送行》得中国时报短篇小说首奖，比骆以军还晚了三年（骆 1991 年以《手枪王》获同一奖项），我自己则比袁哲生还晚一年得该奖。而黄启泰，不是循文学奖路线登场（不知是没参加还是没得奖），受野心勃勃的林燿德（1962—1996）赏识，作为"新世代"的领头羊，作品得以顺利发表并快速出版。但书出版后文坛没任何反应，作品也很少被学界讨论。林氏鼓吹的"新世代"随着他早逝而烟消云散，迅速成为历史陈迹。学界一向倾向把目光投注在几个"明星"身上。那时的台湾文坛，张大春、黄凡是当红炸子鸡，同世代不过三十多岁的朱天文、朱天心也很被看好。其时，台湾刚历经政治解严，新思潮大量涌入，很快就会被学者宣布进入后殖民／后现代时期；激烈的认同分歧即将成为常态，且遍及所有的领域，学潮、社运纷起。黄启泰的小说仿佛一开始就与这一切无关（可能也因为年轻），集中心力关注主体的内在风景。

---

1 《内在的风景——从现代主义到内向世代》，收于我的《论尝试文》，台北：麦田出版社，2016：325—343。

2 袁哲生过世后，朋友为他出版的纪念文集《静止在》（宝瓶，2005）附的《袁哲生年表》（简体版袁哲生小说集后附的《袁哲生生平写作年表》）显示，1987 年他有两篇小说发表，都是文学奖得奖作，虽然都不是首奖。

我曾在《他者之声——论黄启泰的〈防风林的外边〉》那篇"废序"里，针对《防风林的外边》的主体篇章（《少年维特的烦恼导读》《秋日盐寮海边》《防风林的外边》），借用黄启泰的自白为引子来解释。他说："我的构思通常凭着一种深刻的情绪状态，不事先拟定故事大纲，而是顺着故事的开头，慢慢地把那种情绪或是感觉，尽可能完整地呈现出来。"因此没什么故事性，像抒情诗那样，着意经营的并非情节。他又说，那些作品

> "十分强调气氛的营造，尤其喜欢叙述单一景色，这景色不是纯然的客观现实，而是存在于人的心理状态的时空横切面；读起来好像是一幅幅的心理风景……也正因为我把故事建立在主观现实和客观现实模糊的边境，忽略了许多外界正在进行的有意义事件，过度专注内在视景的呈现，而不能从社会、政治、历史……等朝外的观点来剖析事件，而且由于这种建构故事的方式，主观成分非常强，使得正文本身变得不够透明化。"[1]

这些自白相当准确地描述了那些作品的特性。抒情、唯美、图像化、内省——内在风景。从最早的《年轻计程车司机的海岸

---

1 黄启泰／林燿德，《一张影碟片的记录》，收于《防风林的外边》，台北：尚书出版社，1990：6。

心事》那种单纯而不可救药的耽美抒情，到《防风林的外边》《秋日盐寮海边》较为冷冽的观照，经由一趟没有目的的旅程，我，及作为"他我"的流浪汉，看不出因果缘由的死亡，相似的场景（防风林，海边）、意象（木麻黄，尸体），甚至关键工具——照相机——摄取物象光影之物，机械之眼，《秋日盐寮海边》："我努力微笑着走向前，对准镜头，按下快门。"在溺死者的相机内留下自己的影像，"这样一来，他便要将我永远摄入他底灵魂"，犹如跨越死生的另类自拍。《防风林的外边》更内嵌一个写作者作为观察者，于是小说乃自我指涉，叙事随旅程所见蔓生，不断被作为读者及评论者的角色干扰。于是小说正如其篇名所引的林亨泰的《风景 No.2》所示："防风林 的／外边 还有／防风林 的／外边 还有"……仿佛可以无限延伸。正因为主观臆想还是客观现实的界线并不明确，外在的旅程因而可能不过是内在的旅程。而主词位置的松动（我—他），文类边界的溶蚀（诗，小说），性别界线的混淆（常以人称转换的方式呈现），暗示了书写者及书写本身处于危险的状态，表达的不可能性悄悄吞噬它的可能性，写作和叙事本身均趋向衰竭——主体亦濒临消亡。

而年轻的黄启泰走得最远的地方，即是《少年维特的烦恼导读》。探索书写的不可能所导致的存在的不可能——仿佛只有书写的可能性可以保障存在的可能性。那造成了主人公（甯秀男）的精神分裂，失去自我，被想象的、曾经存活的强大的书写主体占据。那其实是复数的他者，主人公过度崇拜的对象，那位置，游移于三岛由纪夫，或三岛的妻子，或歌德之间。最后，这被他者侵占的意识，以伪主体的清醒目光回过头来，指称这小说不甚可靠的叙事者为威廉，歌德《少年维特的烦恼》之叙述者"我"的收信人。《少年维特的烦恼》中为情所困，甚至殉情的主人公，那样的抒情主体，被植入"殉国"的妈宝三岛由纪夫，几种不同的"烦恼"被叠印为一种错体的"导读"。

这样的小说常被归类为"后设小说"，但"后设小说"自20世纪80年代中旬被引进台湾之后，常被小说家和学者从纯粹技术的角度来理解（视为"后现代小说"的技术指标），或视为对写实主义的彻底颠覆（尤其是张大春的小说）。然而，像《少年维特的烦恼导读》（1988）这样的小说，其实比黄凡《如何测量水沟的宽度》[1]（1985）、张大春《写作百无聊赖的方法》[2]（1986）更深刻地触及写作主体的存在危机。那已不是文字游戏，那样的小说暗示，写作的不可能，源于存在的不可能——因为，所有的写作者必然是个有丰富阅读经验的读者。然而，作为"入戏太深"的读者，《少年维特的烦恼导读》的隐含作者发现，不止一切可写的都被"早行人"[3]写过，甚至一切经验都曾经被经验过，"我"可能早已被"活"过。那个以为可以持有自我意识的"我"，其实早已是他人。

---

1 收于痖弦主编，《如何测量水沟的宽度》，台北：联合文学，1987。
2 收于张大春，《公寓导游》，台北：时报出版，1986。
3 古谚："莫道君行早，更有早行人。"

如此以书写的不可能来创造写作的可能，爆发出的或许是衰竭的灰色光芒。那仿佛是过于耽溺内在风景、长期蛰居都市、耽于阅读却经验贫乏的"内向世代"早衰的寓言。

由木麻黄构成的防风林是为了挡风，挡潮水，挡盐分，保护沙滩，保护土地。防风林的外边还有什么？当然就是海。真正深不可测，但即将被垃圾填满的大海。

2018 年 10 月 10 日

目录

年轻计程车司机的海岸心事

今年暑假，我又回到这个曾经使我伤怀、眷恋的小镇。

两年前，我刚从 T 大的外文系毕业，踌躇满志，文学的梦船正张起彩色的风帆，饱满地航行在我内心年轻浅短的海湾。我接受一个杂志社之邀，到东部的一个小镇搜集资料，着手写作一部有关渔村女孩成长的长篇小说。

每天清晨，当朝暾刚穿过东方第一片云影，大地还沉睡在朦胧氤氲中，我已坐上第一班开往镇郊海岸的客运巴士。巴士突突地喷吐气流，轮胎摩擦地面沙沙响，窗户咔嗒咔嗒地振动，宛如一列快乐的马队轻快驰过微明的街道。车上疏疏坐了一些文着鲸面、满脸皱纹、身穿碎花布衫的年老原住民妇人，嚼着槟榔，一面吸烟，叨叨不停地用原住民族语交谈，朗朗的笑声，响亮地洋溢车厢。大概是一则有关快乐事儿的对话吧？从她们开怀张大的笑嘴，我独自在心里揣测，希望能够获得一些有关快乐的事儿的珍贵内容。走道上，四处摆放着她们笨重的菜篓筐。

巴士行过一段长长铺着碎石子的产业道路，扬起灰灰蒙蒙的尘土，漫在空中。横过一座大铁桥，桥下绵延的溪扇辽阔地朝两头伸展，在河床上绞出许多细密曲折的条纹；一端从西边层峦相叠的群山间汇合众支流，挟着丰沛的水势溅溅流过来，中途与洲渚相互周旋，通过桥底，另一端则变得水流平缓，潺潺迤向海口。此际，河海交汇处，水平线上已是一片红晕光彩了。旭日蹦出云层，荏苒上升，朝海平面洒下粼粼光波，烟霭渐渐消褪，天空渐渐开朗。过桥，左转，绕过对面山头，迂回绵长的海岸就在眼前。右边是相连不绝、恬静秀丽的山峦；左边是草原、玉蜀黍田、沙滩，和海水。清晨的公路上，车窗吹进一阵一阵清凉沁脾的山风，我合眸凝思，悄悄聆听大海热情的呼吸。

我在一座山寺前下车，爬一百个石阶，进到大雄宝殿内升一炷香。上完香后，坐在阶旁的横木，观察一位老尼领着一群年仅及笄的小尼姑在树下洒扫落叶。钟鼓木鱼和着虔诚的诵经呢喃，庄严祥和地回荡在长廊林梢。休息片刻，下了山，便一直朝着公路彼端漫无目标前进，开始今日我称之为的"思考散步"。

我习惯脱掉上衣，迎着晨风慢跑。跑累了，便变换徐缓步伐，对着海洋、田地、山峦，与天空，一面走，一面在心里从事各种美妙的联想，竭尽所能将眼目所及一切事物牢牢记在脑子，并思索一些有关渔村少女成长的细节。

我知道沿着公路这样一直走，当身心差不多都感到疲倦时，路边将会出现一个红色指标，上面会写道：假日农场／露营·烤肉·钓虾／欢迎您！然后，我便会穿上衣服，右转，穿过一条竹林夹道白色卵石小径，紧接一阵臭牛粪味扑面而来，半山腰上，许多肥胖的乳牛正迎着太阳懒懒散散地立在坡上吃草。我将会走向一栋红色琉璃瓦黑白相间大理石小屋，推开门栅，掏出铜板，带着一瓶温热的鲜牛奶走出来。

我知道大约7点钟会有客运巴士经过。

一星期后，我便对这例行的"思考散步"感到厌倦了。山峦、海洋再也激不起我美妙华丽的联想；这段散步路途给我的木麻黄、水稻、玉蜀黍、沙滩、椰子、浪花、天空、云朵、山羊、乳牛……曾经一度在思维荡漾出田园般的诗情，但这诗情是空泛的；塑造了意象在那里，我唐突地吸收进来，却发现自己毫无深刻的生活体验，只好又狼狈地将它们全部吐出来，一一复归于它们在大自然的原来位置。

如此一来，我那位渔村女孩便变得一无所有。海岸根本没法儿在她长发飞扬、清纯秀逸，而又刚强坚毅的唇齿鼻眸，多情地展开！生长！

我始终无法下笔。

黄昏的公路上，我开着新买的雷诺R9，虽然人车稀少，我却缓缓开着，一面浏览窗外风景，一面回忆曾经走过的足迹，偶或有车辆疾驶而过，内心便不由得感到莫名的悸动。当发现驾驶者只是个陌生的背影，便又不禁觉得十分无奈而惆怅。

后来，我决定把每天例行的"思考散步"改在黄昏进行。

我向旅舍的老板买了一辆半旧的脚踏车。这样一来，思考的路线就再也不会受到体力疲倦的限制，可以爱骑到哪就到哪，向海岸的更多刺激藏伏处探索，把阻塞的思绪重新活泼起来。

每天下午4点半钟，我带着手电筒、毛巾，到市场买了个便当后，便出发。回到镇上，已经入夜了，带着满心的喜悦和一身酸疼的肌肉。对于海岸的体认亦好像愈来愈真切。很快地，在欣悦的心情下，终于拟好了这位长着木麻黄气质、玉蜀黍宁静、浪花充沛感情、沙滩温柔忍耐的渔家女的成长大纲。

我正一手把着方向盘，另一只手臂架在窗沿，下巴抵着臂，出神地凝视远远的海滩，一群赤裸的孩童带着一只老黄狗快乐地追逐，没有察觉前面一群羊队正在通行。直到耳畔一阵"咩"，羊群惊慌失措，才从冥思中清醒，赶紧踩刹车。"嘎"的一声。幸好，及时刹住了。几只黑羊赖在路中不走，"咩！咩！"地抗议。我按了好几声喇叭，放羊的小女孩在旁边大声吆喝，都无动于衷。最后，小女孩跑到路中央，用手抱住它们的颈，一一拖到路旁。她手叉腰，满脸汗珠，仰着面庞，沉默地注视我。我按了一长声喇叭，送她一个微笑，把车开走。

这样刚强坚毅、温柔忍耐的气质，两年前，我就已观察到了。

是这个海岸的女孩们独特的神思。

不觉中，车已驰过寺院、农场、海防部队。山脉渐渐朝公路逼近，左侧的草原、玉米田愈来愈狭。忽然，一个上坡，右弯，再次探头外望，已非诗情般的田野。右侧是陡峭嶙削的山壁，几棵孤独的灌木犹凸出它们小小的树顶，左侧则已是惊险万分的悬崖，大海汹涌地在千仞下呐喊。探出头，只见湛蓝深远的海面，不见沙滩。很快地，绕过下个山头，上坡，出了山洞，就是十一号桥。我想着，心头不由得颤了一下。从反觇镜中看到自己的脸孔苍白，嘴唇发紫；愈接近那个地方，心情愈是不能自已地觉到害怕，却又兴奋无比。心跳愈来愈加速。我突然又想折返来时小镇的方向。

拟完故事大纲的第二天，我快乐得仿佛体内有宣泄不完的能量；神经的过度兴奋，使我简直无法静下心坐在桌前工作。亢奋的状态从昨夜便一直开始持续。等不及黄昏来临，中午过后，我已迫不及待背起背包上路。

烈阳下的大海，碧波万顷、无比亮丽，我无暇欣赏，只顾拼命踩踏板，像匹疯狂小马，思绪波涛起伏，不知道为什么，一颗心始终雀跃不已。

不觉中，脚踏车已飞快骑过寺院、农场、海防部队。黄昏时分，来到悬崖。虽然上坡路令我踩得满身大汗，体力却仍十分充沛。这条路线，今天倒是第一次尝试，峻峭岩崖下的宽阔深远海面，令我吃惊。那种巨大、神秘，我不敢瞠眼凝望。

在下意识渴慕的欲望驱策下，我终于无法抗拒地颤抖着双手把握方向盘，开进山洞。出了山洞，下坡，就是十一号桥。桥上空无一人。我原本害怕、兴奋的心情，立刻消逝无踪，取而代之的是落寞与惆怅。

我把车缓缓停靠桥头，两脚相互搓抹着把鞋褪下，爬到车上，坐在车顶，跷起腿，燃一根香烟，就像我们昔日并肩坐在一起欢乐地讨论山海的方式。夕阳已完全没入山背，海上一片凄迷暮色，一只海鸟孤独地飞翔。望着这么熟悉的景致，不禁一阵感慨，眼眶热了起来。

当我骑出黑漆漆的山洞，下了坡，便看到桥头停了一辆白色计程车，一个年轻人坐在车顶上，沉默地凝视海面。我站在对面仔细观察他好久，心情莫名其妙地悸动，不知不觉走向他。年轻人依然侧着头，专心看海。走近前，才发觉他是一个安静秀气的年轻人，消瘦的身材，披着长发，帅气的棉 T 恤，牛皮带把腰束得紧紧的，显得纤细了点儿。望着他潇洒率性的侧影，是那么地旁若无人，不禁打从心底悄悄地歆羡。一会儿，终于也忍不住挣掉鞋子，踩上保险杠，爬到车顶，在他旁边坐下来。他依然那么地专心致志，仿佛没有打扰，侧着头，想事情。我却被桥下险巇幽深的溪涧、浪涛汹涌拍打岩石的景致，震撼着，这震撼同方才发出的悸动搅在一起，矛盾地奔窜脑子，划不清界限。

他是如此自得地坐着，我的思绪却一片混乱。我们沉默地坐在车顶，直到余晖消失，夜色笼来，遗下黑暗。他回过头，冷漠地瞥了我一眼，跳下车，打开车门，发动引擎。我被他那对迷蒙、有着忧郁神思，又仿佛点着诗人般燃烧的感情的眼眸，吓了一大跳，激动的情绪，久久无法平息。愣了好一会儿，才赶紧从车顶跳下。他已预备开车。

突然有一股想再看一眼他的眸子的念头，便把头伸进车窗，对他说道："年轻人，您是不是要到镇上去，能不能载我一程？"黑暗中，发现不仅只他的眸子忧郁动人，就连唇、鼻、脸廓亦都长得细致，带着忧郁，而且是那种少年才会有的忧郁神韵。

他把住方向盘，看着前方，面无表情地说："我已经有客人了。"

"你的客人有几个？"我不禁着急地问。

他迟疑一会儿，压低嗓子说："一个。"

我听了心中不觉感到欣喜。"既然你只有一个客人，多添我一个也无妨，反正到时候，我付一样的车费，你也不吃亏。"

他沉默不语，脸上露出严肃的情状。

我继续说道："晚上山路漆黑，我实在不熟，您就行个方便吧！做我这个生意。"说着径自走到车后，掀开行李箱，把脚踏车抬进去。打开车门，坐在他的旁边。他冷冷地打量我，猛踩油门，车向前奔驰前行。

他开车的姿势相当优雅，背脊挺得直直的，双手轻轻抓握轮盘，双腿微微敞开，就是那环腰显得太单薄了。脸不时频频转动顾盼窗外，仿佛搜寻什么似的，海风轻轻吹起长长的后发根，飘扬着，像是一座唯美的希腊雕像。从驾驶台上的执照，我知道他是51年次的男孩，小我一岁。我靠着椅背，时时回顾他风格的背影，却不知要同他说些什么。

后来，我实在按捺不住沉默严肃的气氛，便主动同他絮絮说些近日在镇上听到的新闻及自己搜集到的小故事。他一言不发，径自驾车，好像是我自己一人叙给自个儿听。可是，当我说到有关木麻黄、玉蜀黍、沙滩，及海浪的体验和联想时，正担忧话题对这位年轻计程车司机显得太深奥，他突然回头，眼睛放出奇妙的光波，问我："先生，您喜欢今天在车顶上眺望的那片海景吗？"

我愣住了，惊奇地注视他光彩洋溢的脸庞，缓缓说："老实说，我还没有喜欢上你说的那片海景。右边的山壁太陡太近，光秃秃，不着草木，给人太大的压迫感，左侧的悬崖又太高，湛蓝深远的海面与汹涌咆哮的浪涛，使我头晕，不敢凝视。不过，每个人的赏美观点并不一定都要一致。"

他转过头去，"哦"，掉了一声。蹙眉头，抿嘴唇，垂下肩膀，像是一个少年怅怅地失望。

我接着说道："像我自己就比较偏爱慵懒平静的海面，绵延的沙滩接着可爱的茅屋青田，山峰徐缓毗连而降，拖着一大片宽阔的绿色草原，牛羊懒懒地散着步尝青草，既抒情又浪漫，充满了田园般底风情。"

他专心地聆听，把头伸出去在黑暗空间探了探，仿佛在验证我的话似的。忽然想起他说的那一个客人，便问他："原来要搭你车的那个客人，要在什么地方上车呢？"

他听了，一阵茫然，定定注视正前方，眼珠子涩了涩，亮晶晶的，好像有水液，面庞肌肉随即严肃地绷直，嘴角惘然地微微倾斜，变成一个寂寞、忧郁，令人不忍打扰的少年。

第二天，中午刚过，烈阳当空，我已急急忙忙跨上脚踏车，满怀希望地奔赴十一号桥。不知为什么，只要一想起他的神韵，便令我不由自已地悸动。至于小说的起稿，始终因激荡的情绪，无法动笔。

他依然安静、沉默地坐在车顶，眺望黄昏海岸。我欣喜地把车往路边一甩，奔向前去，把鞋褪了，跳上车顶，朝他愉快地喊道："嗨！我又来了！"

他回头，脸上绽放着孩子般稚气的笑容，轻轻应着："嗨！您好！"又侧回去，凝望远方。我只道他是个爱好自然充满诗想的计程车司机，或许，根本就不是个开计程车的也说不定，便尝试与他聊些有关文学的事儿。当我不经意透露准备写作的长篇小说，谈到那位构思好的渔村女孩时，他不禁睁大双眸，两道乌眉横飞，抿唇凝思，很认真地谛听，频频点头，仿佛主角是他早已熟悉了似的。他也同我说了一些有关他自己的事情。

他的确是一位计程车司机，结了婚，有个年轻貌美的妻。问他为什么喜欢在黄昏时候来到这里对海沉思？他起先说是美丽的海岸吸引了他，当黄昏来临，便情不自禁驱车来看海。后来又说，曾经有一次在桥头载了位客人，才发现这附近独特的景色。

沉默许久，他沉重地表示："作家先生，凭良心说，我已经失业一年多了，也正因为我的不务正业，妻子与我相处得颇不愉快，可是，我自己也不知怎么搞的，每天一出门，什么事都不想做，就只想到这条公路上来看看山望望海，只要一见到山峦海浪，我的心情便不由自主地觉得饱满，感到快乐，我自己也不知道为什么一点儿工作的兴致都没有。"叹了一口气，反问我："先生，那么您又是为了什么喜欢在黄昏的时刻来到这里呢？"

我听了，愣在原地，面颊发烫，不自在地把头埋下，却又见幽远深蓝的海水，碧波荡漾，眼睛一阵眩晃，赶紧把视线移开，胡乱搪塞："哦！我、我是来寻找灵感的，这是我每天例行的'思考散步'！"

"哦，"他眉头又蹙起来，用疑惑的口吻说，"你们写作的人的理由都是很有诗情画意的！"

"你的理由不也是挺诗情画意的么？"我说道。

他立即羞涩地把头藏进两膝中间，留出两片红红热热的耳壳，顷刻，又变成一个寂寞、令人不忍打扰的少年。我望着他蜷曲环抱、苦苦冥思的身躯，纳闷不已。

我几乎天天都在期待黄昏的来临。中午过后，心情就开始焦虑不安，深恐万一没在桥头见到他的白色座车。见到他后，便又极力压抑内心莫名的悸动。只为了他忧郁的眼眸，渔村女孩的成长被我暂时搁浅在旅舍客房的柜子里。

有时候，深夜计程车回到镇上，趁着快乐的对话尚在心头热着未褪，我们就一起去喝酒，用酒精把海岸带回来的残余的快乐重新温热。

他是个极适合一块儿喝酒的人，一干即尽，不拖泥带水。睁着乌油瞳子，捧着两朵红晕酒窝，始终那么专心一致地听你说话，只用一种他独有的表情，就可以概括其他需要复杂肌肉表达的丰富表情。喝醉了酒，也不多言，安安静静地趴在桌上，仍然抬头张眼瞧你，绝不会把你冷落，让你在那儿兀自发酒闷。

偶尔，趁着酒酣耳热，心头欢畅了无挂念，我不禁尝试着怂恿他到镇上供男人买女色的小街一齐去寻找女人的温存，他立刻局促得不知如何是好，抓起酒瓶朝口猛灌。我取笑他："你和你的妻子还有没有继续性生活？"他喝得愈凶，非得喝到烂醉不肯罢休，眼眶一面不停地汪汪落着泪。我瞧着他默默不语苦闷的醉相，不由得在心中深深责备自己，心坎某个隐藏的角落却又因此窃窃欣喜。

自从与他认识之后，我几乎毫无心情继续写作，生活变得愈来愈糜烂。抽烟，喝酒，一个多月来一直不去触动、未尝宣泄的对女色的欲望亦开始渴望地在我的理智翻搅，我不明白自己到底还在压抑什么？是因为他的缘故么？对于他，我始终没法坦然面对自己。不知为什么地，每当我看见他因着心中的欲望被我引逗出来，急忙拿道德藩篱欲加以遮蔽时底手足无措的窘状，下意识里便俨然有着一种胜利者的得意自满，并且悄悄地计划进一步瓦解他的道德防卫，把他心底的欲望赤裸裸地完全激发出来，然而，挑逗出来尔后呢？尔后……甚至一点主张都没有，对于这点，我很不能谅解自己。我觉得自己好似一个专以诱人堕落为乐趣的色魔。而你的内心对于他竟是如许恶毒吗？你却拿着浪漫的文字作盾牌，将丑陋的罪恶优美地掩饰过去！是你在嫉妒他纯洁宛若少年一般的心灵吧？我想是吧！却又不能控制地鼓动他抛弃良善，走向我的罪恶！为此，我的理智不停地冲突，矛盾不已。

白天，我们依然保持黄昏的谈话；晚上，喝喝酒；有时候，也会长途驱车前往邻县的海水浴场，在阳光下磨蹭销魂的时光。

一晚，从邻县的海水浴场游泳回来，一身疲惫，驱车沿着公路，返回小镇。经过十一号桥的时候，他把车停在桥头，我们又都情不自禁脱去鞋子，跑到车顶，打赤膊，吹海风，欣赏海上明月。

淡淡的月光在海面洒下一层薄薄银波，耳畔传来一阵一阵浪涛沉重的低回。他依旧习惯侧坐，把手向后摊开，支撑体重，面着大海的方向，低头沉思。海在我的思绪已激荡不出美妙的联想了，面对如此美好的月色，竟连一点感触都没有，不禁感到一些苍凉与悲哀，只好一径注视身旁美丽孤独的侧影。当他专心看海的时候，他能够有本事让自己完全沉浸在寂寞里。静默中，听着浪声，我突然觉得自己寂寞起来了，这是与他交往以来初次觉到的寂感，我忍受着，不忍打断他的独思，可是又有一股强烈的冲动使我想扳过那具美若雕像的侧姿，好好瞧瞧那对忧郁眸子。身体不知怎地烫起来了，血液偾张，半晌，终于无法遏抑地伸手去扳他的脸，用掌托颊，渴望地凝盯那双眸。

他并不惊讶，也不挣扎，一径以幽远深邃的双眼凝视我，许久，似乎看出了什么东西，忽然平静地说道："先生，您一直都误会了我们之间的友谊关系——"眼皮眨巴眨巴闪了闪，忽地又亮出一种我从未见过，沉着，而又坚定的神思，轻轻说："先生，您不是说过附近的景致使你觉得头晕、有压迫感吗？"

我沉默不语，思绪一阵茫然，双手失措地搓揉，无处可藏，不知如何是好。

他又把头侧向海面，仰首，指着正上方凌空横跨而来的一块崭岩，自言自语地说："就是有这么一只不怕死的小山羊偏偏爱踞在这么危险的崖缘，专拣贫瘠的箭竹叶吃——"

我抬头仰望，只见山岩黑黡黡的黟影重重地投下来，压在路上、海上，到处都是影子。

他放慢速度，低低哀伤地继续说："呵！那是牧羊小孩最心爱的一只山羊啊！小孩把仅有的宝贝——两个清脆的铜铃铛，都系在它的脖子上，用绳子牵着它，走在最前面，带领着其他山羊，从这个山峦走到那个山峦，寻觅肥沃的牧草。有一天，小孩及他的羊儿们，来到，嗯，就是这个山头，小孩躺在树荫下睡着了。

我正靠在座椅上甜甜地午睡，蒙眬中似有'丁零零！丁零零！'的铃铛声，自空中摇进车窗，潜进我的梦里，还有小羊吃草，草叶摩擦胡须窸窣悦耳的撕碎声。寤寐中，我似乎听见一个小孩惊慌害怕的呼喊。张开睡眼，头向外探，恰见一只白色小山羊正无所畏惧漫步崖缘，欣喜得意地咀嚼岩石缝里的嫩箭竹，铜铃'丁零零！丁零零！'快乐地晃荡，小孩在远处大声喊叫，我望着小羊一步一步向前靠近，毫无警觉的样子，不由得紧张恐惧起来了。小羊走到悬崖线上，看见底下的岩缝还有食物，就跪下前脚，倾头要去咬那草叶；可是，就在它努力探取食物的同时，眼角不经意瞥见了万丈深渊一片深蓝幽远的大海。小羊蓦地擎起头，犄角指向天空，趴下身体，朝遥远地平线宁静凝视，长睫覆盖的大眸子，似有无穷思想。当小孩赶到，想要拉它脖子上的绳索，小山羊已在瞬间伸展四肢，'扑通！'一声，姿势优美地投进大海！铃铛奏着'丁零零！丁零零！'的音乐一齐没入海水，留下小孩一人独自徘徊悬崖，伤心地哭泣……"他像个多情少年一样，生动地讲述他的故事，眼眶不小心渗出一滴泪珠，红着眼睛，幽幽地说："那个下午，我被那只勇敢的白色小山羊感动得没法儿开车，在桥头彷徨再三，始终不忍离去。"

听完他的故事，慌乱的情绪逐渐自茫然中恢复镇定。心里一面懊悔方才唐突的举动，一面暗自忖度他话中是否影射其他含意，揣测着，又不禁面红耳赤，窘困不已。

沉静中，他忽又说："作家先生，您何不同我讲讲你长篇小说里那位渔家女孩的成长故事？"

我笑了笑，猛然想起那位被我尘封了好一段时日，暂时停止成长的女孩，心底蓦然觉到一阵愧疚与难过，无奈地兀自掰手指，想麻木脑海中汹涌来潮的千头万绪。

他见我苦笑不作声，便不多加追问，把头埋在两膝中间，手环抱颈，又浸淫在他最擅长的完全寂寞里了。许久，缓缓挺起头，面朝我，颤声说道："作家先生，我、我也，也有一个关于渔、渔村少女的故事——"

我觉得十分讶异，回头，却见他的眸子已转换成另一种忧愁、渴盼，仿佛等待已久的成熟男人般底神韵，少年般羞涩纤细的气质不复踪影。我惊奇不已，愈为方才的举止感到窘迫。

他把脸侧回去，喑哑着嗓说："这是一年以前在这边载过的一个客人留给我的故事。"

"嗯，就在那个下午，哦，当我坐在车顶，为了一只小山羊的死亡感动得无法开车，远处一个少女气喘咻咻从暮色中跑到我的车前，上气接不了下气，昂首对我说：'司机先生！我要坐车！'

"你是知道我们开计程车的，纵然有什么事令你乱感动一把，也不能将客人置之不理。于是我跳下车顶，打开车门，让她进去。她是个皮肤相当黝黑的原住民女孩，一双眼睛也是生得黑油油，灵巧、动人，头发流水般自自然然披垂肩膀，耳垂含着两粒玲珑可爱的金扣子，唇亦长得小巧透明。她一进来，就急急地催促我：'司机先生！你能不能开快一点，我要赶时间！'

"我瞥了她一眼。从外表来看，虽然穿扮极为时髦，但年纪顶多不过十七八岁，沿途海岸山地村落的女孩到镇上买卖青春的事儿见多了，所以我当下即能立刻分辨出她的身份。

　　"她从皮包取出一盒烟，问我：'要不要抽根烟？'

　　"我抱歉地同她说：'谢谢你，我不抽烟。'

　　"她微笑着，再三地偷偷瞄了我好几次，好像觉得如我这般不抽烟的男人相当有趣似的。

　　"从反觇镜中，我则见到她那清亮分明的大眼，的确长得很美、很动人，天真纯洁地在镜里向我一眨一眨；颈下一片细致光滑的肩膀，更是风情无限；唇鼻间却透着一股我未曾在镇上女孩脸上见过的那种受山海熏陶的坚毅忍耐的刚强气息；眉毛浓黑，微微扬上，仿佛有很多理想；额上一片光，与她的开朗健康相互呼应。我突然想到这样美好年纪的少女，竟是要到那条街上供男人用金钱买卖她活泼的青春，不禁起了同情心。

　　"她要我把车停在一条马路的十字路口，然后难堪似有委屈地说道：'司机先生，我实在不知道该怎么说才好，我很抱歉，可是，绝对不是故意的。我今天真的没有钱，但明天就会有钱了，等我拿到钱，明天傍晚你再到桥头去一趟好不好，我一定把钱给你。'

　　"我笑了笑，让她打开车门。等她走远了，从后面跟踪。果然没错，女孩是到那条街上去的。

　　"第二天傍晚，我依约前往。她果然已经在那里了，向我招手。我打开车门，让她进来。她今天穿着黑色贴肤背心、黑色短裤，及黑丝绒袜，修长的大腿与柔细的胳臂皆裸露于外，脸上还抹了浓妆。车内立刻弥漫胭脂的气味。一进来，便大声嚷：'司机先生！您可真准时啊！'

"我笑而不答，低头细细打量。她并不看我，交叠着腿，玩弄指甲，摆出一副女人矜持的姿态。纵然如此，还是掩不住少女清纯的面目。可是，我的心情却不知怎地乱了，坐立不安，老想频频回头多瞧她几眼。

"到了镇上，依旧要我将车停在一条马路的十字路口，然后，郑重煞有其事地在皮包搜索了好一阵子，粉红着脸，尴尬地向我说道：'司机先生，真是对不起，我刚刚匆匆出门，竟然忘了带钱出来，哎呀！你看我，多么糊涂！这样好不好，明天傍晚再烦您到桥头来一趟，我一定把全部的车钱一齐付给你。'

"对于这一招，我心里早有防备。可是我依然让她打开车门。等她走远了，从后面跟踪，停在街口，注意她到底走进哪一间阁楼。

"第三天黄昏，我提早到桥头，内心渴望地急于想见到她。她果然来了，穿着件低胸绿衫、短黑裙、银高跟，头发烫卷了，手臂叮叮当当挂了不少镯子，自动打开车门，在我旁边坐下来。我的情绪真的是混乱不堪了，不能自已地把视线游移在她每一寸肌肤。她却旁若无人，跷腿、抽烟，偶尔不小心地将肘、膝摇过来碰我。我则激起一波波悸动。

33

"到了镇上，等她走进阁楼，我失去理智地在街道来回徘徊，反复考虑，终于鼓起勇气随她走进去。却在心中对自己大声说：'只见她一面就好！一面就好！'我的魂魄已被这女孩吸引，一片惑乱。

"她推开门，看见是我坐在床沿，吓了一跳，脸色转为青白，张结着嘴说：'是、是你啊，哦，你等一下，我、我立刻就去向朋友借钱还你车费！'说着，欲夺门而出。

"我赶紧挽留，'我不是来向你要车钱的，我，我——'

"她立即猜出我的来意，脸上顷刻堆出职业性的笑容，走到我身边坐下，用手揽住我的颈，扑在她的胸前。我的心跳猛地加速，胸腔窒息，仿佛一片火焰燃烧，身体不知所然地滚烫，突然间，四肢肌肉倏地收缩，痉挛一般，一股无可抗拒的冲力，使我紧紧搂抱她，迫使我不得不把这瞬间潮来的男性欲望全部在她身上验证。我一面懦弱地朝罪恶的力量投降，一面强烈地自我质疑：这个疯狂、失去理性的男人依然是你么？

"自从那度欢愉的夜晚，堕落的快乐使我情不自禁在黄昏时刻来到桥上，然后，子夜时分，在阁楼幽暗的小室与她缠绵。我几乎夜夜春宵。而且，我以为与她之间已经渐渐有真挚的情感与纯洁的爱心，在肉体接触中培养，开始产生了。我简直不可救药地几乎要抛弃新婚的妻，立即与女孩远走天涯！

"一个多月后，有天傍晚，她打开车门，我倾身要去吻她的颊，她忽然撇开，啪啪地掉泪，坐下来，便倒卧在我的腿上，一径伤心地哭泣，问她发生了什么事，也只是沮丧脸，红眼睛汪汪望着人，什么都说不出，就像一个少女遭受挫折时的彷徨无助。

"哭了好一会儿，才声结气塞哽咽地说：'怎么办？我那个已经好久没有来了——'俯面，絮絮哭了一阵，无措地说：'我恐怕已经怀孕了！'

"我的心脏立刻扑扑加快跳动，好像有一种奇妙的酵素穿梭血流，激起我人性里那种对生命的敬畏，及无限喜悦的衷心赞美！马上说道：'说真的？'

"她点头。

"我的心坎立刻又是一阵狂喜，用力在她流泪的脸庞不停亲吻，替她拭泪，体贴温柔地将她紧紧挟在我的胸怀，同她问：'我的小女孩呵！我们就将要有个美妙的生命了，你要怎么来计划我们的未来呢？'

"她停止哭泣，愣了一会儿，像是在思索我的话，伤心的眼瞳瞬间亮起一种女人正在思考生命时冷酷而又世故的光芒，猛地挣开我的手，似有怨愤而理智地说道：'你凭什么就这样断定这孩子是你的不可？你是知道的，像我们从事这种行业的女人，每天不知与多少男人在一起，我怎么清楚孩子是谁留下来的？碰到这种事情，只有怪自己太不小心！'说着，又流下泪来，眼神睥着，无助的眼角恍然有了主张，涣着一股坚定。

"'可是，毕竟也是一个美丽的生命呀！来得多么不容易！不论如何，总是值得令我们兴奋才对！'我说道，仍然满心欢喜。

35

"她却反问我：'哼！你说得像个博爱世人的神一样，那么，我问你，你愿意娶我、养我，和照顾我吗？如果孩子生下来，一点儿也不像你，你还愿意吗？'

"我心中只觉得欣喜，为着一个活泼的新生命感到高兴不已，可是，一点主张也没有，于是说道：'可是，你总得把孩子生下来，让那个生命到这世界来生活呀！那是孩子的权利！'

"她轻笑一声，脸色变得黯然无光，无可奈何地说：'年轻的计程车司机先生啊，你真是太单纯了！你是知道的，像我们这种女人，生活是最现实的东西，一旦挺了肚子，就只有回家，还能够拿什么去同别人竞争、讨日子，混口饭吃呢？'

"'那你打算怎么办？'我着急地问道。

"她把脸看向窗外大海，手伸向后颈拨理长发，笃定地说：'我想，我想，我想了很久，觉得还是把它拿掉比较好，因为，我必须要赚钱。'

"我整个人都傻住了，痴呆惊骇地看着她，忽而强暴地拎住她的发，猛摇她的肩膀，失去理性地同她苦苦哀求道：'你怎么可以这么做呢？你怎么可以这么做？就这样地将一个美丽奇迹的生命无情地杀害了？'

"她闭起眸子，表情平静，任我狂暴地往她的身体攻击。

"过了许久，我逐渐恢复理智，心情平稳安定下来，望着浩瀚无垠的大海，白浪席卷无数汹涌漩涡，突然想起一个月前在此葬身的小羊，铜铃'丁零零！丁零零！'犹在耳际美妙演奏，小孩悲伤失望哭泣，山巅上群羊'咩！咩！'低低呼号，心头不禁涌起一阵悲哀与惋惜。于是，敞开臂膀，让她重新回到温暖的胸怀，开始一面伤心地掉眼泪，一面絮絮地同她讲起那只白色系着主人心爱铃铛的小山羊是如何地不怕死，到危险的崖缘拣枯瘠的箭竹吃，又是如何勇敢地在刹那间，毫无顾忌地投奔大海，仿佛珍爱幸福的一生，就是为了准备这么一次伟大的验证。当故事结束时，我们都已泪流涟涟。

"她眨一眨眼睛，把泪水弹掉，就像一只生着长睫毛、温柔、善解人意的小山羊的大眸子，扭一扭身，身上的首饰便又都叮叮咚咚一齐奏响起来。她弯下腰，打开车门，隔着窗户，若有所思地对我说：'年轻的计程车司机先生，谢谢你，同我讲这么个动听的故事，你的心地是这么地善良、单纯，对我这样地好，我回去会好好地想一想你讲的这个故事，我、我真的很感激你，我、我真的不知道该说些什么才好，我——'还没说完，眼眶又已溢满了晶莹的泪珠，道一声再见，头也不回地朝公路彼端走去，渐渐消失在暮色中。我望着她年轻美好的背影，亦是满心感激，默默淌着泪，心中无限美好，想道：'女孩的家大概就在前端不远那个背山对海、快乐幸福的村落中罢！'

"后来，我仍旧在每天傍晚时分到桥头等她，可是，一次也没等到。我也到小镇那条街上同她的老板问，她的老板说女孩早就已经不在他那边接客了。我也曾经沿着海岸，到每一个村落，挨家拜访，询问她的下落，可是每一个人都摇摇头，说不曾见过我口中描述的那种山地女孩。我每天什么都不想做，就只想顺着这条海岸公路来回往返，看看是否能够再度遇见那位美好的少女。但是，不知为什么地，每次经过十一号桥，我就情不自禁停下车来，坐在车顶，高高地俯瞰大海，仿佛海里有许多铜铃在深处奏响，听着，心中又是一阵百感交集，真后悔当初为什么把那个勇敢小山羊自杀的故事告诉她呢？唉！……"

　　猛然回首，寂寞美丽的侧影犹在身旁低低叹息，却只见到月光映在引擎盖上，一轮橙黄铜币，孤独地兀自散发暗淡的光圈。依旧是海上明月，我却一人独自分享。自从那夜从海水浴场归来，他坐在车顶同我说了他自己心中渔村少女的故事以后，我为着自己贸然的举止窘迫不已，不知怎么搞的，我小说中那位渔村少女的成长故事反而显得黯然失色，也不想再继续写她了。

　　后来，每天黄昏，我依旧渴望地准时前往十一号桥头赴约，却再也不曾见到那辆白色计程车。我坐在桥上俯视千仞下的浪涛，曾经一度令我不敢瞪视、觉得晕眩的这海，亦仿佛真的有他所描绘"丁零零！丁零零！"的清脆铜铃声美好地飘飘摇摇过来，热情地召唤我，使我一遍又一遍地想起那只白色小山羊的死。

　　今夜，我已不想回头重返那个有我太多感伤与眷恋的小镇了。干脆任雷诺 R9 于子夜海岸公路飞驰，南下至邻县，明儿一早，再到海水浴场去做个痛痛快快的日光浴！

韩波的朋友

启程：我的流浪

魏仑[1]老师：HS，允许我这样称呼你，不顾你读了是否觉得唐突，或是无法认同已成陈迹的历史人物，径自邀请你进入我自己虚拟却又希望它真实发生的文本，不如说是暗自期待着你能陷入，在门槛外彷徨的我的后脚马上就会跟进，来不及思索就以风驰电掣的速度将我们结合的幻想推展至无人可及的辉煌成就！因为我再也想不出更好的既能脱离公众生活影响，又能维护我们之间纯净爱情的方式了，只好寻觅文学史上的一则传奇，建构一个璀璨坚密的水晶蜂巢，护卫所有我对你的尊敬和热爱——是一个少年决定倾其一生奉献给他精神上恋慕长者的！当你彷徨无助时，HS，即使我在与外界音讯隔绝的陌生国度旅行，只要熟谙我们

---

1 大陆译为保罗·魏尔伦（Paul Verlaine，1844—1896）。——编者注

心灵相通的魔法，低头轻呼我的名字，韩波[1]一定立刻赶回你的身边保护你！即便当我迷失在炼金术高深的学问、视线逐渐被源源不绝的幻觉淹没时，只要迅速想到你的名字，又能在瞬间回到现实来。不管距离相隔多么遥远，我都能确信你灵魂神秘的存在。

所以，请你一定要牢记我们约定的魔法——当我不再于预约的时间现身，深夜你书房里的热线电话忽然变得沉寂了，着急地至每个可能出没的大街小巷走访，也没有我的消息，好像突然间这个人在大城市失踪了——你也就无须感到过度悲伤了……HS，原谅我的不告而别。读信的同时，我已经悄悄离开T城了，正往一个不知道方向的奇幻之都肃然地前进。我又何尝愿意抛下你，独自跋涉漫漫旅程？

早在M医生介绍我们认识，第一次接触你注视我的眼神时，我立刻就在心里发下宏愿：总有一天，一定要带你走！——走向何处呢？我不知道。只觉得内心有一股冲动想尽快逃离这个城市，抛弃目前拥有的一切，把自己搞到一败涂地，然后去流浪。

我暗地里计划着将来与你一起亡命的日子：向边境最可靠的军火商走私爆发力惊人的炸药，共同来摧毁所有我们看不顺眼、令人心情窒闷而生病的无聊大厦；从深不可测的油槽打捞富人积藏的钞票，茫茫然地沿路散在所有我们经过的公厕，拥挤、热闹

---

1 大陆译为阿蒂尔·兰波（Arthur Rimbaud，1854—1891）。——编者注

的夜生活没有防备地突然在瞬间掀起臭气冲天的灿烂火海；狂欢的夜晚，全世界的高脚杯同时为你斟满浓郁的醇酒，蝙蝠、蜈蚣和蜘蛛都来畅饮，举杯欢呼，寂静的夜空中传来一声整齐、清脆的爆响，全部的杯子都在那刹那间碎裂了；还要把所有最漂亮、最高贵的礼服张挂在边远的丛林，鼓动飓风将之吹落黑漆漆的河心，再找一处本城最高的楼顶，以机关枪俯射，在精美的印度手织布上布满焦黑的弹孔；弹壳热乎乎的铁锈味和火药的硫黄在鼻尖持续地游移，疲倦的肉体再也按捺不住神经的兴奋，不知道为什么勃起了，不管你愿不愿意，我一定不会放弃与你裸裎相对的最后时刻，用灼烫的针尖在你汗涔涔的皮肤刺青，对着发烫的耳朵说尽亲密的耳语，告诉你我爱你，再将我们的手、脚、脸与胸涂上鲜艳俗丽的油彩，试着从喉咙发出粗哑奇怪的兽声，趁着黎明来临前赶紧上路——我将带你脱离这个受诅咒的都市，去会见边境的叛军领袖，或参加秘密宗教的生活公社，如果你喜欢，也可以什么都不做，成天徜徉在眩惑、如诗的奇形怪影，要是有食欲，就尝尝石头和泥土……

可是我已经迫不及待启程了！魏仑老师，T城变了，已经不是我们初相识时美丽的恶都，浮夸的正义和虚假的斯文虎视眈眈包围我们，你已别无选择了，赶快向世界大声宣布你是韩波的朋友！前方已经到了绝路，你就是魏仑，性情凶暴的诗人，孤独的浪子，一个不需要安慰、不需要指引，也不需要家庭的异乡人。但是韩波爱你，所以你一定要勇敢地攻击，无畏无惧地战斗，不

43

要问生活的目标是什么，为破坏而破坏就是我们存在的方式。我却等不及你最后的答复，匆匆上路了。

离开后，才知道心里多么挂念你，漫漫旅程如果有你为伴是多么地幸福呀！可是我不能回头，只有咬紧牙关努力往前跑！跑！跑！一只乌鸦兀立在突出的岩石上，轻轻抖动脱落的羽翮，凄厉的尖叫在月色姣好的山谷间投下寒冷的阴影；一只断了两条腿的黄狗，臀部着地吃力地拖曳前进，沿路尾随着我的行踪，我不能驱逐它，害怕得不能控制地蹲在大树下哭起来，咆哮着些自己也听不懂的声音——呵！HS，我爱你！我一定要加快步伐！我一定要不停止地奔命！我一定不能休息！直到鞋子磨烂，两只脚都断掉了，一个眼神畏怯的残缺者跛行回到你面前，因为苦行，他的皮肤变得像孩童般光洁，脸上的圣痕不住地渗出樱桃色的血露，他就是我！仿佛只有通过这种痛苦的试炼，失去身体的一部分，才能净化感情中最深刻的部分，证明我对你的爱情永远不会改变。一想到将你孤独地留下，心中感到难过时，我就跳舞！跳舞！跳舞！

黎明前，越过边境，自一处险峻的悬崖跃下，降落在黑漆漆的沙滩上，冰冷的海水温柔地掠过脚踝。面朝着看不见的奔腾而来的潮浪，我情不自禁大声说：魏仑老师，我爱你！忍不住想将整个身躯埋入黑暗的水底，任旋涡席卷而去，像是被你从背后出其不意地用力抱住，不能控制地在你耳旁嗫嚅着我最诚挚的称呼：爸爸，魏仑爸爸！HS，你就是我失落的父亲！离家的哥哥！令我崇敬，令我害怕，不禁想要与你发生强烈的爱情啊！为了使我们的爱情到达巅峰，我分分秒秒都感觉被必须为你而死的使命驱策，如果内心的热情不能点燃一场轰轰烈烈的大爆炸，对你我会觉得十分愧疚。HS，我爱你！你的样子在我脑海里无时无刻都显得如此清明、高贵，多么地威武呀！

　　HS，原谅我不告而别，请你不要悲伤，这是我自己选择的路。如果你还曾惦记我，诅咒我吧！千万不要给我懦弱的祝福，只要你牢牢记住我们约定的魔法，不管在哪里，距离相隔多么遥远，其实都是一样的。

雨温柔地落在城市

　　韩波小朋友：收到你从边境捎来的信，为什么不多等我一会儿，一句道别的话也没有，悄悄地出发，难道就这样狠心地把我一个人留下来歹活？假使你肯再多花一点点耐心，也许现在我们就一块在旅途上了。没有你的 T 城，一切都变得了无生趣，好像突然间陷入空城，分离的身体成天像个游魂似的在这蜡像馆都会漫走，无法集中心思工作。这些年来我们在扰攘人海中小心呵护的不足为外人道的情感，难道也无法使你心软，而稍作等待？我一直很担心你离开的原因是我爱你不够，所以负气出走，如果真的如此，我宁愿不计任何代价立刻与 TS 离婚，抛弃工作和一切道德的束缚，来向你保证我对你的爱情绝不是畏首畏尾的市民生活的附属品！关于婚姻，我有不得不然的苦衷，良心的苛责使我一想到 TS 和无辜的孩子，内心便举棋不定，无法做最后的抉择。所以你等不及了？还是你是要用决然离开的方式协助我脱离中产阶级犹豫不决的性格，否则我是决计不会看破自己可笑的处境？我害怕会不会正好应验了你的预言："HS，哪一天你对我厌倦了，一定要让我知道，我马上会离开。"

你老爱形容自己是神话中的格拉迪娃，格拉迪娃的人生任务就是要像暖和的春风一样去唤醒他人心中沉睡的池水，你热爱工人黧黑的胴体，喜欢与普罗阶级闲话家常，聆赏低级无聊的流行音乐，陶醉在别字连篇的色情小说，满足于小吃摊清淡、粗糙的食物，更热衷协助中产阶级考古他们潜意识深藏的高贵的情感。未曾坠入情网的，你使他们恋爱；爱过人的，你教他爱得壮烈。只要谁爱上你，你就立刻离开他，而不顾他已经为你抛弃仅有的幸福，倾家荡产。

原本是我的出生地的 T 城，因为我们在此相爱的回忆，如今成为我不敢涉足的异乡。每天我在大街上彷徨，找不到你的踪影，心灵久久地失落，觉得人生了无意义。你走后，才渐渐有勇气正大光明地至你居住的巷口附近流连，从前只敢在夜深无人时造次，站在远方偷偷凝望你房间里的灯火，期待你的身影会突然晃到窗口边，带着或将在街心被你撞见的窃窃的欣喜。你离开后，这个城市才像是突然解严了，我的事业正在辉煌，黑暗却已疾速笼罩。

你一个人孤独地踏上旅程，实践自己的诺言去开拓一个未知的世界，从此，你人生的花朵如黄金般地在黑暗的幽谷盛开，孤立地献祭于飞跃的直抵完美的圣国。你说唯有在理智上通过知觉漫长、艰辛的变形，经历各种形式的爱、苦恼和疯狂，吸进己身内的一切毒物，只留下精髓，诗人才能把自己创造为至高的先知，抵达未知的境界。你的才华便是要在身心极度疲惫和狂乱中，独创一个缤纷绚丽的神秘王国。你探求的方式便是放任自己的情感，不去稍加控制欲望的冲动，摒弃一切拖延、怀疑和仁慈，你想以到达完美地步的极大敏捷一蹴即至生命的果核，像是在悬崖上表演一场没有生命保障的高空弹跳，不问结局如何，你急急忙忙地起飞，愈飞愈高，奋力冲向太阳，就像忘记翅膀是蜡制的依卡洛斯——然而，你终究见识了欲探寻的灵视？一个我只能揣想，永远无法抵达的国度。只是你还愿意让无德无才的魏仑爸爸陪你一同远游冒险么？

呵！YH！你是韩波！你是醉舟！看见你这么年轻就这样糟蹋自己的身体、受苦、没有人爱、四处流浪、居无定所，小朋友，你知道我的心里是多么疼惜啊？你是被贬谪的天使！你是上帝仆人中最悲哀的忏悔者！只有上帝的宽谅才能了解你灵魂的悲痛，他从来就没有遗弃你，是我们太不长进了，所以被弃绝也不自知。而你是被宠坏的孩子，脚指头都磨破渗出血了，还不肯休息，不停地奔走，直到上帝生气了，心疼地淌下眼泪，你才情愿罢休？就连我自己也怀疑到底有没有资格疼你、帮助你，做你忠实的旅伴？

T城不再是情人们约定终身的希望之城，它是一个被你抛弃的伤心城，你离开后，我和它的脐带就断了，剩下我在触景伤情的高楼车流中永无止境地流浪……即使你留不留下，YH，结局其实也不会有很大的差别。

红色沙漠

魏仑老师：你似乎把我的仓促离开解释成感情用事、冲动性格决定下的一种必然结局？你难道不曾怀疑这些年来不为人知的交往，是我精心的预谋，事前经过缜密的沙盘演练，反复推敲，处心积虑地扮演一个不为所动的诱惑者，以便在你没有任何心理准备下，悄悄解除你的心防？表面上，你是医生，我是病人，每个星期在约定的时间见面，每个月初预缴当月四次会谈的治疗费，虽然你一再地恳求我不要在形式上钻牛角尖，但我坚持不在治疗时间之外的场合和你做任何私人性质的见面，严守医病关系中必要的礼貌和称呼，时间到了，就一定准时结束，绝不多浪费你一分钟。唯有这般严格地自我节制，才能感受到灵魂难抑的热情澎湃地冲击着理智的边缘，满足一个少年在精神上对父性人物的崇敬与恋慕。

犹记得最后一次会谈结束，你送我到办公室门口，我们面对面站着，沉默地望着窗外阁楼尖顶的钟面。两张并连的担架匆忙地经过我们身边，一位头戴遮阳帽的老妪刚从隔壁的候诊室走出来，问我们："有没有看到刚刚过去的担架，为什么只看到点滴管，没有看见床上的病人？"顺着她手指的方向，发现床上的人头真的不见了，只剩床单底下隐约浮现的人体形状。你的嘴唇附在我的耳旁低声说："大概是死掉的尸体。"就在那片刻间，我才发现不能再等下去了，非走不可了，再迟疑就来不及了！刹那间，数以万计的担架队伍，相连着鱼贯地经过我们跟前，我一掀开白布检视，发现都映着我忧伤的脸孔，或许你没有看出来。心里一个年轻的声音急切地抗议："我不要老迈而死、带着疾病之躯在病榻上等死！我要勇敢地去毁灭！毁灭！毁灭！"想起自己十七岁时写的遗书，期勉自己一定要在三十岁前把体格锻炼得非常完美，然后一个人跑到无人的深山去自杀。HS，我不得不马上就启程，稍一犹豫，死神很快就会赶上，就再也见不到你了……

日前我落脚在邻近 Y 城一座孤立的山峰，远看山形像金字塔，光秃秃的山脊，草木不生，在烈日下反射出赭红色的矿脉，灼热的地层不绝地扬出迷蒙的蒸气，登上山顶才知道山背是一大片曲折茂密的灌木林，陡峭的山势没有岬角缓冲，直接伸入深蓝大海。传说此地过去以金矿驰名遐迩，曾是淘金者云集的繁华市场，一场原因不明的森林大火，连续烧了三天三夜，无人能够幸免，黄金天堂沦入草木也不愿涉足的红色沙漠，只留下一栋空宽豪华的宫殿，孤独地在太阳下发出金辉，虽然门把和窗框都是纯金打造，却始终乏人问津。直到有一天我无意中闯入，正疑惑于铜镜上神态威严、恍若握有极大权柄的男子是谁，下一刻就向全世界宣布我是国王！

每天傍晚固定会有一个在边界附近掘隧道的工人上山来与我

做爱，每次来的人都不一样，年纪与你相仿，大约四十，铁状的胳臂，皮肤黝黑，瞳孔似火，掌上的茧纹嵌着剔不去的砂砾和铁锈。我们光着上身、赤脚坐在石粉地上，对酌灼烫金属般的烈酒，交换销魂的毒品，竭尽的欢乐如香水般散溢在微凉的晚风，或者用尽全身力气绞紧对方的躯体，扭曲脖子，面对面摔跤，忍受汗雨不断流入灼痛的伤口，总在胜负难分的最后时刻，我屈膝请求他从背后压制我，把抑制不住的精液急迫地注入我虚弱的体内。

他们的体格颀长，头形狭小，浅蓝色的眼珠子，言行低劣不堪，大多是流放边界服劳役的杀人犯。他们威胁我若是抵抗不让他们插入，就要用铁锤敲碎我的脑袋，或是用钢条似的手腕勒死我，几乎忘记我是拥有很大权力的国王！……

HS，我认为他们正是T城文化界人士最迫切需要去结识的大人物！对于改善你犹豫不决的布尔乔亚性格，会是一方很好的良药。你应该试着诱导情感摆脱思想的左右，体验一下闭起眼睛不顾一切往前冲的失控世界，如此才能直陈你护卫真理的诚实和勇气。不要抱怨和低层阶级的友谊，只有身躯的接触，却无法融合彼此心灵的距离？完全要看你是不是愿意释放内心的原始丛林，让成群出动的野兽将身体的欲望推向未知的彼岸——很快，你就会看见你想见的灵视！

我从不留人在宫殿过夜，趁着天边尚有余晖，赶紧打发他们下山。因为黑夜整个是属于你的，HS，我要一个人独自拥有。狱方常向我报告有的犯人下山后，从此下落不明。你毋庸担心恐怖分子或毒蛇怪兽深夜潜入，危害我的安全。宫殿四周早已设下重重电网，入夜就全部通电，马达彻夜转动，晴朗的夜空中时而惊见粼粼电波闪掠而逝。

不知道为什么，肚子并不常觉得饿，偶然食欲来时，就啃啃虎尾兰苦涩的叶梗，舔一舔嘴唇上工人皮肤残留的沙颗和盐粒，嘴巴馋时，就往花圃的泥堆捡拾一些泛黄的臼齿和发光的钻石咬嚼。

工人们寄宿的工寮建筑在毗连山丘的山腰上，与我对门而居，是一栋二十层高的摩天大楼，依其所参与工事性质，工人们被编组在不同的楼层，每天由输送带直接运载至工作地点：掘隧道工人住在一至五层；六至十楼为采石工人的房间；十一楼至十五楼属于运河工程队；十六楼至顶层规划为餐厅、育乐中心（包含体育设施、图书室和妓院）、法庭、教堂、佛寺、医疗中心、绞刑台、太平间和飞机场等。

当夜幕低垂，弥漫的蒸气、低级的香皂味道、混合腥浊的汗臭味，从无数的浴室窗口扩散出来，水雾模糊了亮澄澄的金箔，雄壮的歌声在宫殿的上空久久地回荡。因为营养不良的缘故，他们的牙齿普遍不佳，洗澡时拔下来的牙齿，就顺手抛出窗外，正好落在我的花圃里，成为我的饭后点心和园艺的高级肥料。

纵使我生性多疑、性情古怪、不近人情，上一刻刚刚冷漠无情地宣判一位初犯的英俊窃贼绞刑，下一刻又可以因一只误触电网的小鸟像个小孩似的哭个不停，直到无数的金屑、宝石粉末和钻石碎片从对岸的小窗口扔出来，下雨般地落在花圃中，缤纷璀璨的视觉突然慑住我内心的愤懑，才任性地收回成命。

有些人谣传我的健康渐走下坡，愈来愈消瘦，我却觉得自己精力充沛、性欲旺盛呢！还算蛮强壮的。我认为自己很独立，无所不能。

然而，我的理想不只如此。我还要无限制地扩张权力的版图：我要创立自己的国家，自己的人民，自己的庆典，自己的语言和自己的风俗；我要试着发现全新的科学，全新的花种，全新的星座，全新的音乐和全新的游乐。我确信自己获有超自然能力！你也许认为我是自欺欺人？全世界都知道这是一个大谎言，唯独我自己沉醉在幻想中？虽然我宣称自己是国王，拥有世界上最优良的民族和最精密的武器，却因为无法与你共享，心里觉得非常懊恼。

我不能强迫你相信我的城堡是最强大的，也许你早就想建立自己的城堡、自己的军火，筹谋要来消灭我的政权？那样最好，我求之不得！我将毫不抵抗地让你亲自取下首级，就地举行狂欢的庆功宴。如果是我先攻占你的王国，我会毁灭自己的国家后，再去自杀。还是联合我们两国的武力，一举歼灭所有反对我们统治的势力？

魏仑老师，不要悲伤，请你一定要勇敢地活下来，我没有遗弃你，不要忘记我们约定的幻术，当我的政权真正巩固、壮大时，我一定会回来实践诺言！

被贬谪的天使

韩波小朋友：今夜，再一次沦落 T 城街头。穿着脏兮兮的衣服，浑身发出酒臭，行人经过都不禁掩鼻。思绪因被对你的思念占据，无法转移至其他事项，神经过度兴奋而竟麻木了。止不住地想大声尖叫，好好痛哭一场，可是我哭不出来，叫不出来。这些日子以来，几乎每一天都是在酒吧喝到烂醉而归，随便找个低级的小旅馆睡觉，第二天再醉眼惺忪地去上班，仿佛已经忘记自己是个有家庭的人。一想到要去面对做丈夫和父亲的角色，内心羞惭无已，恨不能立刻下地狱。愈来愈没有耐心倾听病人诉苦，无缘无故发脾气，对他们适应环境的能力要求过高，常常忘记约会的时间，话不对题，发呆……好像非把现实弄到一败涂地，失去一切后，才能改头换面重新做人，唯有痛下针砭，否则无法连根拔除顽固的布尔乔亚习性。就这样，一个人愣在黎明的街道，想起住在不知名的宫殿的你，不禁想问一声——YH，你好吗？一道锋利的冷光忽地窜过茫茫思绪，猛然醒来似的，忍不住颤抖地哭了。

好几次我酒后驾车越过边境，至邻近山区寻找你的山顶，沿路车速都保持在一百公里以上，好像恨不能立刻消失在这个世界上，底盘像是快要飞起来似的，已经将生命交给死神安排了——我恨你！也恨自己！

Y 城一些最前卫、最疯狂的酒吧，到处都有你的海报，据说当地年轻人时兴将谣传中一位地下恐怖组织的年轻领袖奉为偶像崇拜，秘密仿效他特异浪恣的生活和极权统治的法西斯思想。照片上的你看起来比以前强壮不少，瘦削的肩膀向外撑开了，胸膛更厚实了，肌肉虬结的身躯和古铜色的肌肤，看得出这段期间你在改造体格上的用心。

第一张海报上，你和一位黑人少年光裸上身，互相以一长串彩色的炸药捆绑对方的身体，嘴角无力地垂着将尽的烟杆，手掌捧着缠绕的引信，仰起头，在刺眼的阳光下痛苦地眯眼，背后是湛蓝发光的大海，和蔚蓝亮丽的天空。另一张海报上，你和三个文身的囚犯，围坐在长方形牌桌，牌局刚刚结束，昏黄的灯泡下，你面无表情地举起左轮枪，瞄准自己的太阳穴预备扣扳机，五颗取出的子弹安静不动地立在桌面上。

邻桌一位参与运河开凿工程的中年男子告诉我，你正打算在那山头盖一座军火库，搜罗世界上最精良、先进的战争武器，并且在山洞里开辟一座私人机场，作为个人出入的专属通道。古书上记载失传的祭典，每天在宫殿里恢复举行，神秘的仪式，豪华的盛宴，源源不绝的烟火表演，倾溢的醇酒弥漫至山脚下，诱惑Y城年轻人蠢蠢欲动的心灵。我请求他引领我至你居住的山顶，但是徒劳而返。

我们驱车横渡沙漠，远远地望见金碧辉煌的宫殿屹立在最高的巅峰，红色的矿脉在炎阳下熠熠闪烁，像在淌血，不禁令人心生敬畏，不由自已打哆嗦。所有上山的入口以铁蒺藜网重重封锁，网上装置了无数的迷你炸弹，只要有人或动物接触铁网，瞬间通过的电流立刻就会引爆附近的炸弹。他提醒我铁蒺藜网四周还埋设了杀伤力极强的超大型地雷。可怪的是顽强的藤蔓宁可就地枯萎，也不愿趋附尖刺的铁网。

我们小心翼翼地绕至下一个入口处，以为会有正式的岗哨，却看见几颗风化的头颅散置在一株巨大的仙人掌树下，胸腔的骨骸宛如倒放的畚箕挂在刺上，一只只断裂的手掌安静地伸出覆盖的沙石。再回到原处，竟发现两具士兵的尸体俯倒在铁网下，他们身穿华丽、洁净的宫廷制服，身材的比例都达到完美地步的匀称，微扬的侧面浮凸出俊美、温柔的轮廓，喉咙汩汩涌出的血泉，还是热的，嘴角依然残留临死前纯真无悔的笑容。我不禁害怕地蹲下，膝盖颤抖个不停，站不起来，眼前的尸体使我想起古代帝王墓室里陪葬的年轻仆侍，难道他们真的是一心一意效忠你，至死也不改其忠诚？盛装打扮，平静地下到死亡的幽谷，带着幸福的微笑走向绞刑台？你是不是要像残害美丽的少年一样，将我堕于永劫不复的地狱，考验我的忠诚呢？

接着，他搀扶我行过一个半圆形湖泊，我忍不住跪下来，朝湖边痛苦地呕吐，却又发现湖底沉浮着一具具苍白发直的死尸，瞪大着眼珠，像绽放的水蕨般静静地立在湖心，映着我绝望不堪的脸庞……YH，你在哪里？为什么不立刻现身杀死我呢？

近来不知道为什么总觉得你距离我越来越近，即使深夜投宿在不知名的小旅馆，也常常感觉你近在咫尺，但是你看得到我，我看不见你。半夜，常常被小石子丢窗玻璃，或是有人在外面转动门把试钥匙的声音吵醒，走到窗户边检视，开灯，打开门，半个人影也没有，我怀疑是不是自己的幻觉。次日上午，却不经意地发现窗台上躺着一颗闪亮的宝石，一道透明的裂痕正沿着窗缘向中央渐次蔓延渗透。某天中午外出上班，意外发现门板上留着螺丝扳手刚刚凿过的斑痕，大铁剪随便丢弃在电梯内，一只草绿色的军鞋遗落在空旷的楼梯间，一颗刚发射过的灼热的弹壳，不知道突然被谁摆置在桌上的餐盘。我惊喜地以为会不会是你特意遣来的使者？如果是你，你的好身手也绝不会让我知道你曾经来过探望我，我想。

直到今天，我才明白两个真心相爱的恋人，绝不可能永远在一起，所以你才会拒绝让我靠近你？处心积虑地寻求离开我的方法，是为了教导我认识真爱？但是，YH，你要相信我自始至终都没有责怪你的意思，疼你都来不及了，无论何时、何地，我都在为你默默祈祷，永远惦记着你……

我爱你！

地狱的季节

魏仑老师：很久以前，有一位诗人年纪轻轻就登上王位，但他总是懊恼不曾抵达高人一等的完美，担心朝廷中治兵的大臣叛变，因为有流言说他是用不名誉的手段恶化国王的病情，而提早登基。所以他一天到晚汲汲使自己拥有很大的权力。

所有的臣子和王妃都要绝对地服从，他命令他们以无限的生命崇拜他，奉献全部的热情和恋情！他逼迫魔术师吐露宇宙终极的秘密，凡是看不见的真理，他都要看看，旧典籍记载的祭典，都要重新恢复，即使是正当或是邪僻的，都要试一试！他还要理智清醒地忍受极致的痛苦，见证自己临死前最后一刻死亡的绝对真实——万一他无法长生不老，和其他人一样免不了一死。

未能如期炼出仙丹的炼金术师都遭诛杀，密谋叛乱的异议分子都被枪决，殷勤、漂亮的妃子入宫不久就失踪了。这位年轻主人的脾气反复不定，刚刚修筑落成的林园，因为一点小事情不如意，他立刻下令用炸弹将其夷为平地。子夜丰年庆典正达高潮，因为无法融入浑然忘我的群众，控制不住心中难抑的孤单，竟愤而杀害白日跟随他上山狩猎的士兵，一切豪华、珍奇的鸟兽在一夜之间屠杀殆尽。然而，他仍旧为无法支配每一个人所苦，那些遭诛灭的王妃、臣子和士兵，第二天早晨又重新出现，穿着华丽、洁净的宫廷制服，阴魂不散地站在他面前等候差遣。他大声嘶吼冲向人群，将他们撕成碎片，焚烧王宫，但是民众、臣子、王妃、黄金宫殿和美丽的动物依然存在。所以他只好夜以继日地举行盛大的舞会、晚宴和祭典仪式来巩固其王位。人民在背后窃窃议论这位荒淫的君王醉心于破坏，因暴戾而获取青春的秘密。

某一天黄昏，他散步经过花园，看见一位新来的马夫鞭打一匹生病的小马，盛怒之下立即枪毙一队年轻、貌美的新兵，当着老百姓的面前抱着泪眼迷蒙的马头，像个孩子似的伤心痛哭。没有人了解他们国王内心的矛盾和悲伤。聚集的群众愈来愈多,却没有人知晓如何安慰他。忽然间,他发狂似的拼命奔跑,喉咙发出野兽的咆哮,没有人听得懂他在说什么,穿着钻石镶嵌的高跟鞋和黄金织锦的洋装冲出人群,从此下落不明,再也没有人看见他回到宫殿。

他失去理智地奔跑,一直跑,经过无数的日出和黑夜,乡村和城市,大海和高山,直至来到一处永夜的幽谷,完全看不见自己,黑漆漆的山谷不断地传来母亲第一次呼唤他名字的回音,才放慢步伐。然而,脚跟已磨去一半,破绽的鞋底淌着模糊的血肉,但是他还能走,即使站不起来,手也还可以爬,膝盖可以跪,痛苦不堪时,他就坐在大树下,一只脚顶住心胸,听听星语,尝尝草露,你问他要往何处去,他摇摇头说不知道,又赶紧起身上路。

魏仑呀!这个年轻潦倒的国王就是我!他多么不情愿在王宫中度过正常的一生,然后以高龄去世!

呵,快要到达未知的彼岸了,是的,即将见到从所未见的人生美景!我几乎已经看到一位气质非凡、难以形容的美丽的女神,在正前方施施然引导我,可是我反而唾弃她,因为她面有难色——我狂舞!我高歌!我用铁蒺藜鞭笞自己!然而,可以因此而减轻心灵承受的苦担吗?啊!好饿,好渴,好疲倦,麻木的双脚好像已经不属于我的,多么希望有你在身旁陪伴呀!这一切即将结束,快要了,很快眼前这一切就要过去了!

自由

韩波小朋友：你当真一去不回，永不再涉足 T 城？或者我们的重逢可能会是在异乡？知道你在受苦，又不能陪在身边照顾你，我的心都碎了。自此人生烙下一个悲伤、遗憾的句点。好想抱抱你，但是不知道你在哪里，只好拼命喝酒，填补内心的空虚，期待你会不会在我意识昏迷时回到身旁。即使是衣衫褴褛，或是打扮得像王孙贵族一样光彩荣耀，我都能够在人群中立刻认出你的眼睛。

你的魏仑爸爸快要不中用了，既无诗才，又无缘得见天上美景，眼睛看到的、耳朵听见的、鼻子闻到的和皮肤感觉到的，都是平凡人感官正常的经验，没有幻想，没有激情，也没有自立门户的雄心，纵使你诚挚地邀请我分享你的黄金宫殿，恐怕也会因为积习的道德成见而却步。你的世界太高贵了，我没有资格归化成为你的国民，只好躲在默默无闻的角落，仰望你的天才宛如暴雨过后垂挂在青空中的一颗小星星。然后，谁也不理地关起门喝酒，直到耳朵热了，眼睛红了，鼻子酸了，心里就会有被安慰到的感觉了。

谢谢你驱逐了我血液中根深蒂固的布尔乔亚天性，重新改造我的新生命。虽然我年近半百，来日无多，忽然间变成无家可归、无衣可穿，过着有一顿没一顿的穷生活，但是我很快乐，因为我一无所有，我很自由，我是韩波的朋友。在人海中我化成了一个没有名字，不需要别人同情，也不需要别人夸奖的流浪汉。

你振翅高飞，逼迫自己逐日而行，却投落入寒冷湖水的无情画面，常常让我想起古代的圣徒，他们宣称拥有超自然能力，以心灵感应为人治病，见常人所不能见，自由地于冥界和阳界间通行无阻，无所畏惧地凝视黑暗中陌生的镜中影像：巫婆、先知、灵媒、女祭师、魔术师、掌旗手……阴影中潜伏激情和残忍的力量，诱惑通灵者不安的心，使他们几乎忘记自己在现实生活的身份，而去认同镜中的人物。他们无法不冒着精神狂乱的危险而又能够理智清醒地说服自己相信手中掌握的是宇宙纯粹的奥秘，心甘情愿地吸收精神在极度绝望中释出的毒素，让自己疾病缠身，变成一个大罪人和被诅咒的人——这样才有资格宣称拥有魔力。然而，他却因此变得目中无人、自大和妄想，慢慢地丧失对自己所见所闻的理解力，与现实脱节了，别人都把他当成疯子看待。可是，他已经看见了他想见的真理？

我们之间的差异在于很早你就认识到自己不是自己——我，不是我——人间不是一个适合长住之地，像具有灵性的天使一样，一开始你就知道什么是最有益灵魂的、什么是最美丽的和最真诚的，所以你无所顾忌地拥抱宇宙玄奥、沉重的真理，以致沦落尘世。理智上相信找到自我的人，却失落了，陷入布尔乔亚苍白枯萎的生活泥沼。我，是我？不是我？

YH，如果有一天，魏仑爸爸穿着一身破破烂烂，醉醺醺地打你面前走过，你还会像昔日那位穿白衬衫的天真少年，蹦跳着跑来吻他脏脏的嘴唇？搔他的胡须吗？多么希望那时你也是蓬头垢面，一身破破烂烂走来，满嘴口臭，我们将像两个久别重逢的情人——他们原是微服出游的末代王孙，离开王宫已经很久了，一个因为犯了不见容社会道德的罪行，被国王放逐至边境；另一个在国王殂落后，年纪轻轻登上王位，耐不住寂寞，又潜逃去寻找他了——他们尽情地拥吻，互相封对方为王，无拘无束地拉着手，并肩走到天涯海角去流浪……

也许，那就是我们相逢的异乡吧？

注：韩波，法国人。十七岁时携其刚完成的名诗《醉舟》前往巴黎，受到当地诗人的欢迎，同大他十一岁的诗人魏仑过往尤为亲昵，两人沽酒寻欢，相伴在一起生活，并且染上吸食毒品、大麻的恶习。1872 年 7 月，魏仑抛离待产的妻子，与韩波逃亡至比利时、伦敦等地浪游。1873 年 7 月两人因分合问题争吵，厌倦共同生活，魏仑至比利时与妻子会合，韩波随后追至旅馆又和魏仑复合，联袂出走，后因韩波想回巴黎，魏仑无法忍受其冷讽热骂，在布鲁塞尔街头枪伤韩波，二人关系决裂。魏仑被判刑入狱两年。韩波出院后，闭门写作诗集《在地狱里一季》，从此不再论诗、写诗、谈一句有关魏仑的话，到处冒险、沿海旅行，足迹遍及欧洲、南非洲，从事过志愿兵、探险队及采石等行业，最后在阿比西尼亚从事军火生意。1891 年，韩波膝盖严重受伤，搭船以担架抬回马赛医疗，割断一条腿。是年 11 月病逝，享年三十七岁。

少年维特的烦恼导读

我站在门的后面，他们看见门上的小窗有一张脸就打开门，让我进来。

　　病床四周一墙人已经围绕他站着，专科医生坐在中央，点滴管高高吊着，阳光从紧掩的窗帘之间奋力挣扎，在地板上投出一条一条银灰色的线影，数字一个接着一个从他黏滞的喉咙吐出来，无力地，极其困难地，仿佛已在痰液之中消磨许久，井然有序地，毫不紊乱。

　　"七——十七，七——十六，七——十五，七——十四，七——十三……"

　　"抱歉，迟到了。"我小声地说。

　　他说："六——十九，六——十八，六——十七……"

　　站在床尾的护理长听见，悄悄回头看了我，轻声地说：

"narco[1]已经开始了，此病患体积庞大，amytal[2]虽然用到了500，意识还是相当混乱，一直在抗拒。"

"哦，"我取了把椅子，放在一个距离病床不远阳光没有经过的空间里，坐下来，六——十四，六——十三，拿出笔记本与铅笔，摊开，六——十，六——十，正准备专心记录治疗室里将要发生的一切事件，六——十一！！一个女子来到门的后面，不对！我看见门上的小窗有一张脸就走向前去，女子看见朝她渐渐接近底是一张脸，哦……六——十，五——十九，五——十八，就迅速离开，嗯哼，把一小片透明的玻璃留给我，病房外面阴暗的长廊在眼睛无尽止延伸，隐约中，听到隔壁保护室里一位四肢遭受约束的男病人，嘶喊着喉咙，凄凉地呻吟，好久了。

我乃重新回去定位。

坐在中间那位身材略为矮胖的 R 执起他的手心，一面调整点滴管的流速，一面试探地说道："甯秀男，你能不能告诉我们你叫什么名字？"

"甯秀男？！你叫谁甯秀男？我不认识他！他和我一点关系都没有！不是已经和你们说过，我先生的名字叫三岛——由纪夫，为什么那么爱问爱问人家的，一直问。"勉强打开眼睛，瞥了医生一眼，看见众人的眼睛都在注视他，又闭上，忽然改变了语气

---

1 催眠鉴别诊断。精神科医生用来协助害羞或拒绝谈话的病人，使他们更自由地表达内心的想法。
2 阿米妥。巴比妥类催眠药物。

哀求地大叫道："牟大夫，能不能不要做这个检查，你上面那个点滴一直流，像蛇一样，流得我好痛，好像在做电疗时候的感觉一样。"

"嗯哼，"医生把点滴瓶内药液的流速调慢，"没关系，一下子就不痛了，检查马上就要开始了。等一下，牟大夫要问你一些很简单的问题，你要根据真实的情形告诉牟大夫，不能说谎话，这样子我们才能够了解你，知道怎样帮助你，替你解决心理上的问题……甯秀男！有没有听见？"

他紧闭着眼，好像睡着了。

医生大声说："三岛！你听见了吗？"

"什么？——哦！是呀是呀。"过了半晌，他纳闷地说道，"大夫，你说甯秀男的心理——有问题……这和我先生三岛有什么关系？"（是呀是呀，心里的声音说）

这个时候，负责检查记录的护士昂起头，记下 amytal 下降的刻度；医生转头，朝身旁两个实习大夫讲解对此病人做 narco 分析的治疗意义。大意是说这个病人最近从 H 市转诊过来，是因为长期服用抗精神病药物，病情没有好转，反而有恶化的趋势，半个月前，病患突然不认自己，也不认父母、朋友，说自己是日本作家三岛由纪夫，他们考虑病患表现在临床上的症状，可能具有 psycho-dynamic[1] 的意义，所以想借着 narco 分析，问出一些一直被

---

1 精神力学。

病人否认掉的事实，希望了解其脱离现实的心理意义，以作为诊断参考。医生接着说道：

"三岛，你刚刚从一百倒数到零，我们都认为你数得非常好，现在你再像刚刚那样，重新数一遍给我们大家听好吗？"

"又要数一遍？"

"嗯，像刚刚那样，再数一次，我们要看你数得好不好……现在，把你的眼睛打开……对，看着天花板……很好——一百，九十九，你接下去念——"

"九十八，九十七，九十六，九十五，九——十四……"数字开始一个接着一个从他黏滞的呼吸道吐出来。

我站起来，眼光从人墙间的众多狭缝一一穿梭而过，缓缓走进阳光投射在地板上的银灰线影地带，搜寻到病床上那具平静安躺任人摆布的躯体，八——十八，八——十七，八——十六，点滴瓶内的水液以看不见的速度缓缓降落，怎么不念了呢？数得很好啊，来，八十六，接下去，沉甸甸的眼皮不断沉没，偶尔上升，浮，沉，八——十五，八——十六……八——十四，看来这只躯壳似乎再也支撑不了好久，药物大概已在体内产生作用了……一旦药性产生，或可摘除你伪装之面具，或是发现已是一片再难重建的意识荒城，而我却把你仅余用来的防卫撤却……药物浸浴在脉管里，像蛇一样，游泳，心脏以超载之速压缩，推动它，它就以最迅捷的姿势向脑子全速前进征服你，当初弃城逃跑的那个城主你呀却又不知为何回来抵御，为什么回来抵御呢？……

"医生，不要数了好不好，我好想睡觉，天花板上的电线一直窜过来窜过去，发生火花，把心脏震得一直跳一直跳，很恐怖！"他突然大叫。

"三岛，把眼睛睁开，数完我们会让你休息。"

"不要嘛！我想睡觉。"

"不行，数完才可以休息。"医生说，"七十七，接下去呢？"

"……"

"七十七，"医生说，"接下去呢？"

"哦，"他说，"七——十七，接——下去，七——十七，七——十六，七——十六……"

两个实习大夫其中之一面貌俊秀的那个终于发现了我，从人墙中悄悄退出，好奇地朝我走过来，走进银灰线影地带，却发现我的笔记本一片空白，没有记录关于他们说话的只字片语，停在原地，趁着我不注意的时候，忽然用一种神秘的眼波打在我的瞳上，我不自在地赶紧把脸别过另个方向，专心凝望门上的小窗。

一个女子来到门的后面，我看见一对畏首畏尾的眼眸焦急地向内探视，就悄悄走到玻璃的后面，她看见朝她移动底是一张脸，就匆忙逃走。

长廊空旷阴暗的背景，巨大旋转地全部投射在我黑色的瞳球上。

1980年秋天，我们在医学院的大体解剖实验室第一次碰上就一见如故，当时的背景是一具具肩挨肩面无表情的裸尸，金属器械与彩色图谱则随意布置在伸手可及的小桌子上。

1981 年夏天他于 T 大外文系毕业，因为某种生理缺陷，未能进入军中服役；三年后，1984 年夏天我历尽千辛万苦好不容易完成医科教育，当中包括两年当兵，一直到去年秋我突然发病住院，七八年来我们始终保持着相当密切的交往。

最近一次收到他的来信，是在今年 7 月初，家中新来的女仆玛丽拿到医院转交给我的。在此之前，始终看不出他的病况将有恶化的预兆，因为我一直认为他是一个专业编制故事者，碍于职业角色，不得不多策划些题材较为特殊的作品，以答报读者。那时，他正要从 H 市出发前往 U 镇，趁着火车尚未到来，在车站前我们以前常常聊天的咖啡屋，在一张广告传单的背面匆匆写成的。里面有如下的话：

　　亲爱的□□呀！原谅我这次没来得及将小说的定稿寄去给你过目，Z 报副刊最近就已经要发稿了，事情仓促，实在有我的苦衷。

　　H 市的市民处处和我为敌，就连此刻我躲藏在这儿写信给你，他们仍然派出间谍在外面的行人道上不停走动，隔着黑色玻璃窥视，欲将我的言行加以钳制；收音机播放的轻柔音乐中，亦不时挟带中伤的话语。

　　对于 H 市，我不再眷恋，就要动身前往盛情等待已久的 U 镇，你体会得出此刻我心中的欢愉吗？关于 U 镇，印象中前几年我刊载在某月刊的某一小说中好像略有提及，而写作那篇小说时，根本从未到现场勘察地形，现在就要离开亲朋好友，独自前往那个自己思绪曾经到过的小镇去了，可是我不认为实际的走访甚至长久居留，会比想象留下的经验来得还要生动……然而，目前的身份却是一个犯了诽谤市民罪，遭市政府驱逐的非法使用语言者；或者我会和 U 镇居民相处融洽，因此长久定居下来，也许不久就要返回东京。至于 U 镇之地理环境，日后再写信告知。友三岛于维特咖啡屋。

而我们最后一次的相会，则被安排在今年 5 月 8 日母亲节，相约以摘除花瓣的康乃馨花托作为见面信号。

星期五傍晚查房的时候，我的主治大夫林依依女士说我的心理状况最近颇有起色，允许我三天假外宿，可是恰好母亲前天就到南部去接受二弟与大姐的佳节祝贺，没办法回台北接我出院，好不容易才说服林大夫让家里留守的菲律宾佣人玛丽接我回家。

当天晚上立刻拨电话到 H 市，他的家人先是对我的病情问暖一番，与他的症状互相比较，继而告知其子近来精神颇不稳定，曾有以小刀摩擦腹部的行为，为了其他人的安全起见，已经将他移至山上的别墅。

我随即拨电话至山上的别墅。他拿起电话筒一听是我的声音，立刻滔滔不绝倾诉写作小说情节进行难以驾驭，超乎能力范围的困境。

一个性情忧郁的年轻男作家来到一个不知名的小镇搜集写作资料，发现小镇竟然是他曾经在某作家的畅销小说中读过的，某作家先他来到彼镇，且回去大都会，对具有购买力的读者讲了一个故事，可是小说出版后，某作家的生死却下落不明。某作家运用文字在年轻作家脑子里塑造的小镇基模，却和他眼睛正在不断继续观察摄取的资料，相持不下，某作家建筑的小镇以无形概念侵犯他从真实经验中建筑的小镇。

"你说我该不该再次让故事中的年轻作家自杀一次？"

我说："慢着点，秀男，不要冲动！从你简短的谈话中，我体会得出此际你心中的矛盾……明儿一早，我要到 H 市见你一面，可能的话，给他一点悬崖勒马的意见……"

话筒彼端突然没有声音，我叫道："秀男！秀男！你在听我说话吗？"

过了好久，低低的声音才说："□□呀，赶快来，你一定要快来，有些话……我要当面……对你说——才明白……"

第二天清晨 7 时 0 分，我在佣人玛丽的陪同下，在台北车站搭乘第一班自强号列车前往 H 市。

玛丽说希望家母不要提前回台北，否则发现没人看家，一定会以为她偷偷跑出去约会，可是更怕我一个人随便乱跑，万一走失了，责任她可担当不起。

我把大草帽的边缘紧紧压着眉毛，避免让车上旅客瞧见我因为服用过多心理药物，显得呆滞无神的面部表情。一面浏览窗外迅速移动的风景，一面撕扯康乃馨精致的花瓣，并且以舌尖舔舐柔软的齿缘。

9点40分，火车在H市靠站，秀男在两名魁梧的护佐保卫下在月台迎接我，一人抓一边，将他结实的手臂牢牢地压制，使他无法展开强壮的臂膀拥抱我；静静地伫立，用燃烧的眼瞳凝视我。过了好一会儿，勉强拖着迟重的步伐，走到体侧，咬住我的耳朵，焦急地说道："怎么办？当年轻作家发现先他而来如今下落不明的某作家，在脑子留下的知识，将思绪搅得一片错乱，使他无法创作，于是他把某作家失踪前写过的作品搜罗齐全，想要借着彻底了解一个人，来划分他们彼此的界限。可是……知道愈多，他发现他们写作给读者关于小镇的知识愈相像，甚至发现自己愈来愈像他——"说着就伏在我的肩上啜泣，我也情不自禁流下眼泪。

"搜罗某作家的作品这个部分，是接在昨天你在电话中交代的情节之后？"

"嗯。"他点头。

我们一行人随即被护送入一辆安置深黑色防弹玻璃的豪华轿车。

车子离开停车场，很快地穿过市中心，一会儿就驶在市郊宽

73

敞的公路上，四轮沿着黄白平行的车道线轻快地追逐起来。我与秀男并肩坐于司机旁侧，特制的安全带，紧紧地拴在喉头上，玛丽与两名护佐坐在后面，时时监视我们的举动。为了阻止太多的泪水，他紧闭双眸，由于服用锂盐[1]微微颤动的指尖，不断朝我探索。我含着他的耳壳悄悄问道："故事里作家前往搜集资料的地点，你是不是就以 H 市为参考点？"

"如果当初就设定在 H 市，说不定他就可以事先提高警觉——"眼皮偷偷眯开一条缝，趁着光线打在角膜的瞬间，抓住我的左手掌，右食指尖沿着生命线的纹路斜斜画下，直直画到手肘弯曲处，说道："H 市南下，穿越三座隧道，最后是一座大铁桥……当时，我刚翻越医院的围墙，内心充满喜悦……可是，我不知道，所到之地竟然与他吻合——"忍不住肩膀一耸一耸又要哭泣了。

"你是说与某作家吻合吗？"我问道。

"嗯。"他点头。

"小说里的某作家？"

他想了一会儿，摇摇头："我也不知道。"

"那次回来你写信说有去查证？"

"那一次？——哦！我想起来了，就是这一次！"

"查证的结果呢？"

---

1 抗郁剂。

"可能是个日本人……我也不太确定……可是，听说市政府当局已经预备下公文开除我的户籍，到时候，我……我真底无处可去了！"

"家人呢？"

"他们都在日本。你是知道的，我母亲倭文重[1]那种女人——"

"倭文重？"

"嘘！"他赶紧立起食指竖在嘴唇中央，狡狯地向我使了一个无法理解的眼神。

车子沿着蜿蜒的公路盘旋而上，愈爬愈高。

一个钟头后，车子到达一座植满相思树林的山坡前面。山坡下的广场零零落落停了好些名贵的进口汽车，眼目所及之别墅群落，均属一私人山庄之经营范围；由此前往他山上的屋子，穿过别墅区后，尚须经过一段颇为遥远的石阶与树林。阶梯两旁遍植波斯菊与马缨丹，两位护佐在前引导，替我们驱逐迎空翻飞的蜜蜂与蝴蝶，玛丽垫后担任后卫，避免我们坠落或是有逃跑的倾向。秀男则与我的步伐一致，叨叨不停诉说目前正在写作的小说情节。

他说道："年轻作家之所以选择彼镇的原因，不是为了彼镇适合搜集资料，而是当火车经过大铁桥的时候，我坐在车上，蓦然想起再行过一座大铁桥，就是 U 镇了；那时，H 市市民征讨我的

---

1 三岛由纪夫的母亲，对三岛有强烈的占有欲。

声音正在城里各个角落流行，且已放出驱逐不当使用语言者出境的风声，心里也早有预感 U 镇是唯一可能收容我的地方，恐怕 U 镇居民措手不及准备欢迎的仪式，所以，我提早下车。

"下车的时候，因为翻越医院围墙成功带给心头的喜悦尚未消失，所以，我描写他微笑着向每个月台上的旅客握手问候，他们却纷纷走避——"

"你是不是写自己的亲身经历，再给它附加小说的气氛？"

"不要管我到底是不是在写自己，听我把故事全部说完好吗？"

我把头垂下，不知为什么地觉得自尊心像是受到侵犯。

他没有察觉我脸上的不悦，兀自说道："可是对于人群的疏离回避，他习以为常，并不认为是项有意义资料，继续向前走。

"走到检票口，把票交在收票员的手心，收票员看见他的眼睛，吓得忙将车票扔掉。

"走到车站前面卖早点的小摊子，老板娘不知道是不是事先没有获得情报，仍然扯着大嗓门朝他唤道：'先生烧饼油条冰——豆浆！'老板娘身旁那位正在洗涤碗筷的少女却甩动辫子，朝他迅速瞥了一眼，又很快地伏下去。

"如果他的观察力够敏锐的话，至少应该本着作家的原则将眼光稍微下移，探视女孩脸庞伏下以后的表情变化（可是他没有），他将会知道女孩之所以眼睛瞥起又伏下，是因为不愿意让陌生旅人随便看见她眼底的忧伤，这些年来，她的心中一直在想：'我只是一个被人用来写作小说的女主角，写完了，就把我抛弃在这里……'是以她的成长过程较一般青春期少女来得坎坷。

"如果他是一个经验丰富、擅长推论的作家（可是他不是），还可以进一步计算出这个动作的效果，是由于见到他后眼底生出新的忧郁，还是忧郁存在那儿已久，镇上居民亦都知其苦衷，而她却不愿让陌生人随便就明白那种伤害？

"如果这位男主角再细心一点的话，他将会发现彼镇每个居民的眼角多多少少染有类似卖早点的老板娘的女儿眼角透示出的那抹忧伤。当初某作家莅临小镇时，她首当其冲，不幸被遴选为女主角，受伤最重；至于其他底，有些充作配角，有些客串过场的临时演员，有些在再版时遭到删除，幸免于难，经过这些年岁月辗转，大部分受害者虽然都重新从故事严谨的结构中一一挣脱出来，找到原本的自己，可是留在他们心里的愤怒和恐惧，始终无法拭去。

"如果，如果他不是那么以自我为中心，平常就已经有从别人的观点思考事物的习惯（可惜他没有），继续往前走，他会很快发现，镇上一切的少女看见他，都表现出合乎第一位少女所做出的基本动作，眼底也都映着忧伤。

"如果他敏感，如果他具有反省能力，应该立即记录笔记，可是他以为还没有找到符合心中标准的有意义资料，义无反顾地继续向前走——"

"少爷，"两个护佐其中之一说，"是不是该歇歇腿了？"

"嗯。"他答道。

我们一行人随即进入一个软枝黄蝉遮顶的凉棚，坐下来休息。他继续说：

"这个作家花了一个多小时，把小镇居民的脸孔大致浏览一遍，而且把镇上每一条街路巷弄都走过一次，在脑海里画出一个粗略的地图。至此，他还没半点警觉，这条路线可能将与过去或者现在贮存于某个作家脑子里的命题完全一致，随随便便就把故事发生的地理环境草拟完毕，打算天黑之前，再仔仔细细走一遭小镇，替每个在心中占有重要位置的镇民一一命名，分派扮演的角色。"

他说："可是，这位作家的写作计划未能如愿实现，失败的原因在于少经世故，创作的灵感向来取材自想象空间太多，现实世界太少。他把小镇居民的心态揣测得过于淳朴、单纯，殊不知当年某作家的造访，在全体镇民心灵留下的伤痕，历历在目；他们已经记取教训，发誓不再进去故事，不再让陌生人以其他代号称呼他们，早已在所有镇民的思想上，建立了一道防守严密的警戒线。

"无知的作家依照原定计划行动。

"回到月台，揣摩来时逾墙成功的愉快心情，正要微笑向每个旅客打招呼时，发现月台一个人也没有，南上北下列车刚刚交会而过，检票员转瞬之间也消逝无踪。

"他单手支撑越过栅栏，候车室也空空荡荡，没有半个人影，售票员不知跑到哪儿去了，远远的街角传来警车咿呜咿呜的信号声，仿佛将有重大事件发生。居民事先得到情报，早就疏散完毕，而他因为过度专注小说情节的发展，竟把事件发生的迹象忽略了。

"继续向前走，来到卖早点的小摊子，三张小桌子恰恰好坐满十二个客人，有些是上午经过时就一径坐在那儿的，有些则是新加入的。他发现目标了，就走近摊子的推车，从袋子掏出笔记本，打开正要开始记录的时候，十二个客人不约而同抬起头、露出泛黄的牙齿，声带齐说：'嗨！你好吗？'

"他忙于从源源不绝的灵感中撷取概念，无暇抽身，随口应道：'我很好，谢谢你们，你们好吗？'

"少女站在推车后面，发现自己已然成为焦点，两个眼睛瞪得大大眨呀眨，心中洋溢无限喜悦，想道：'你以为我只是一个用来写作小说的女主角，用完了，就可以抛弃吗？'

"上回某作家来袭时，这位少女的青春期刚刚发生，就被卷入一宗莫须有的强暴事件，惊悸犹存；方才发布全体镇民疏散的消息时，分局长顾及少女过去受到的伤害，劝她回避，另外找来一个成熟的女警扮演她的角色，可是少女雪耻的决心已坚，执意不肯。果然，这次她又凭着特殊的气质和美丽的容姿，把他脑袋里的文字引逗出来了。

"她沉着地朝他走来，距离三步远的地方，打开嘴唇，说道：'你好吗先生烧饼油条冰豆浆还有我们为你精心设计造型优美吻合

整齐牛肉汉——堡!!'

　　"可是，这时已经是中午了，刚吃过午饭……不可救药的他专心写字，竟然没有顾虑不明物体朝他靠近，只是应道：'我很好，谢谢你，你好吗？'

　　"话才说完，正记录到少女发上缎带的样式——身后三张桌子坐着的十二个客人倏然起立，冲上前去，把他围成一个圆圈，预先埋伏的分局长从推车底下缓缓爬出来，信步走到圆圈中央，笑了笑，没收他的构想，掏出镣铐锁住他的双手。接着在十二名乔装客人的刑警护送下进入警车。

　　"女孩站在车窗外，当引擎起动的刹那，不知为什么地忽然给了他一个不太明确的笑容。

　　"关于作家被押送到警局后，在拘留所里他们提供他世界最痛苦的刑求，我不想多做描述，因为那次肉体上受到的虐待，可能将成为毕生最难能可贵的一次生理高潮——"

　　"且慢！至此，发展的路线还是在延续最初那个脉络吗？"

　　"是呀！你对什么地方感到好奇？"

　　"我是说你从医院逾墙，搭乘火车至彼镇的那次经验。"

　　"是呀！"他说，"就是这样，刑求以后，没有经过法律程序，就私自将他驱逐出镇，囚禁在偏远山区一栋精心设计的小木屋。"

　　"男主角被驱逐出镇这件事，和你被 H 市府当局开除户籍又究竟有没有相同的意义？"

　　"喔！是这样的，我生在 H 市，长在 H 市，他们提供我教育，栽培我成为作家，但是他们怀疑我小说里创造的角色，是从他们身上偷去的——"

"关于你身世的这部分，我略有所知，再多谈谈故事中那位男主角吧？"

"哦！是这样的，镇民把他囚禁在山上的小木屋，给他钥匙，自行安排每日的约束；给他匕首与小刀，善意地在森林中放牧了一些城市运来性情温和、捕杀较易的野兽，在空地上播撒一些生命力顽强的蔬菜与花卉种子，供他在漫长的监禁岁月中狩猎与农耕，或者盆栽。如果要以森林为素材从事写作，他们并不反对，而且替他出版。可是作家终日徜徉在大自然的怀抱中，性情却愈加忧郁……

"分析忧郁恶化的原因，可能是睡眠不足。原来小木屋中唯一的一张床上，已经先他而来了一位人士——但是，那只是某方人士的遗骸，并不包括肌肉；骨架子太小，想必生前身材一定不够健美。

"作家看见骷髅，无所畏惧，凭着过去良好的解剖学训练，立即在骨堆中细心分拨，汲汲地寻找颚间骨 [1]……可是，遍寻不获。某方人士生前可能具有某方面的生理缺陷。

"他折了一些松枝，嫌恶地将骨骼随便清扫一下，挪出狭窄的睡眠空间，在床底下发现一套毁损的解剖用具；床脚也摇摇欲坠，

---

1 1784 年，歌德倾力于解剖学，发现颚间骨。

81

显示有过度锻炼肌肉的迹象。

"至于某方人士的身份，一直到次年 U 镇地区的布农族青年上山采集灵芝，发现他在溪谷汲引灌溉，私自将他带回平原，隔年春天，经过他在各大图书馆月余来的辛勤查访，终于得到验证。"

"验证的结果呢？"

他抿紧唇，绷出神秘一笑，不再说话。

两个护佐其中之一，走到我们面前，说道："少爷，时候不早了，该上路了。"

他重新闭上眼睛，让他们搀手臂，我和玛丽随即起立，一行人继续向前。

爬完石阶，穿越一片枫林，木屋终于在眼前展现。

木屋孤单地屹立山巅，周围由韩国草皮怀抱，外有坚固的铁栅环绕，形成自我的防卫系统，视野极佳，向东可俯瞰大海，北方为来时枫林的延续，早熟的红枫和青枫红红绿绿交织在一起，与崖下的碧海青天互相映照。

我们只在屋前伫立片刻，来不及欣赏风景，就被押入二楼向海的一间屋子。在那里，我细读他未完的小说手稿，他坐在窗台上，对着树木、海洋用 D 调口琴吹奏一些感伤的苏格兰民谣。

午餐后，我们得到一盒简单的解剖器具，包括大剪、小剪、刀片，和镊子，甯伯父差遣市场的屠夫送来两只肥硕洁白的母兔；在徐徐的山风、海风吹拂下，再度重温大学时代共处的美好时光。

H 市造访吾友归来之后，秀男又来信，此封信直接寄到台北的家里，由玛丽拿到医院转交给护士的，封口已经被人撕开，大概曾遭家母或者大夫看过。里面有如下的话：

□□：很抱歉，上星期日来山上未能招待你在森林里享受猎杀生命的乐趣——你是不是渴望已久了？两只温驯的母兔，实在不足以拿来与过去拥有的快乐相比！

记否？第一次相遇时，一具何其健美的尸体赤裸裸地躺在我们面前，皮肤虽经福马林浸泡多时显得浮肿，但是肌肉坚韧的纹理仍在，生前那股足以予肉体残忍虐待的摧毁之力宛然可见——啊！多么美好的印象呀！

你问我："外文系读得好好的，为什么想不开到医学院选修大体解剖学呢？"

□□，还记得我是怎么回答你吗？还记得吗？你是知道的，当时歌德的背影正巨大沉重地于我多愁善感的少年情怀中踽踽独行，我竟然回答你："因为我从歌德散步的脚步声得到启示！"[1]

至于那个既陌生又熟悉的U镇，据说镇上的百姓颇为欣赏拙作，曾替我举行过作品研讨会，听到我先

---

1 指1770年，歌德前往史特拉斯堡大学研读法律，选修罗普舒坦的解剖学。见《歌德自传》（志文版）第9章。

生在故乡遭市民冷眼相待，已经三番两次来函催促，而且预备好了一间守卫森严十分清幽的工作室。届时，再邀你同来相聚！

　　还有一个打从我们认识以来，就一直藏在心中的秘密，不知道该不该和你说……如果你的临床敏感度够的话，想必早已明白。几个月前无意中得到一本日本作家三岛由纪夫的《假面的告白》……想让你知道的是我又花了一些时间偷偷读完他全部的作品，却没让你知道……坦白讲好了，与其当你正在摸索我的过程中，发现三岛由纪夫和你的挚友相似，倒不如趁着世人尚未察觉甯秀男的身份，赶快把我当作是全然陌生的，我也会尽早把握时机去自杀……去彻底了解三岛先生吧！虽然我和他的困难度差不了多少，可是三岛比我好出风头，才华比我横溢，他先生敢大胆向命运之神挑衅，是个不可多得的勇士……唉！若你依然不死心地想要与我为友，最后你将在甯秀男的肉体发现与三岛先生相似性质的悲剧，花双倍时间，只是为了理解两个生命本质几乎完全相同的男人？□□呀！不要枉费人间的光阴！……

之后，我陆续写了一些短笺，他都没有回信。

上个星期，林依依女士替我做了一次 ECT 电疗，由于时间控制不当，记忆力丧失了一些，其中包括大部分有关我们之间微妙关系的记忆网路。后来，我慢慢发现自己的感情愈来愈迟钝，已经无法同往昔那般与他在信中交流情谊。渐渐地，也就没有再联络了。

"医生，不要数了好不好，我想要睡觉。"他一连打了三个大呵欠。

"密斯杨，"医生说，"amytal 到哪里了？"

"850。"负责记录的那个护士说。

大夫旋即转身对两位实习医生讲解 narco 分析应注意事项。

大意是说一次会谈所用 amytal 的总量以不超过 500 克为限，可是这位病人的情况比较特殊，用到 700 的时候，意识还很混乱，仍在抗拒，坚持说自己是日本人，为了怕病人会睡着，药物的剂量不能再增加。接着就开始问他：

"甯秀男，你和我们说你叫什么名字？"

"三岛由纪夫……日本，东京市，四谷区，永住町，二——番地……大正十四年，11 月，25 日生……"（人群中发出窃窃的笑声）

"嗯哼，三岛由纪夫好像是你的笔名，本名叫什么？"

"本名叫……本名叫平冈，平冈……我忘记了。"

"是不是叫平冈公威？"

"是、是。"（是是，心里的声音说）

"那么，甯秀男和三岛由纪夫有没有什么关系？"

"没有关系！……我先生三岛和甯秀男才没有关系！……"

"嗯，可是我们听说甯秀男认识三岛由纪夫，而最近假冒三岛之名不认读者？"

"不认识！不认识！谁乱讲我先生……我才没有假冒……人家我先生三岛勇气可嘉，向命运之神挑战……甯秀男他最不要脸了，非法使用文字，还要学我先生一样也心理变态……"

"你刚说向谁挑战？"

"命——运——之——神——挑战！！"（眉头紧缩）

"哦——是向命运之神挑战。嗯，从你的口气听来好像很讨厌甯秀男是不是？"

"是呀，甯秀男是坏人！……医生，你有所不知，他用文字揭发别人的隐私。"（音量渐小）

"对甯秀男这种行为，你好像很愤怒？"

"是呀，他触犯法律，他被市民驱逐，哈哈哈……"

"我们怎么不知道甯秀男被市民驱逐这件事？"

"是呀。"

"你怎么知道这件事？"

"文——采——德。"（很小声）

"文采德是谁？"

"我的好朋友呀！……文采德和甯秀男很要好，常常在一起，他告诉我——医生，我和你说，你不要同别人说哦！——别人都说他们是同性恋，甯秀男明知这是谣言，却故意在故事中把它写

86

成是真的！告诉大家快来买书……我劝文采德悬崖勒马，可是他不听……"

"嗯哼，你是怎样认识文采德？"

"不认识！我不认识文采德！……我刚刚和你说有认识吗？……说错了！"（说错了说错了，心里的声音说）

"可是，我们听说文采德认识你？"

"那就有认识。"（有认识）

"文采德还有没有告诉你其他关于甯秀男的事？"

"没有了……哦！有，甯秀男会杀人！"

"杀人？"

"是呀！他们一齐去杀人！……文采德说甯秀男拿到刀子就一直割一直割的，内脏和血液都流很多……"（是呀）

"他有没有告诉你为什么杀人？"

"这个……这个我先生不敢多说。"

"如果医生一定要你多说呢？"

"好、好，我说，这是他们用来满足性欲的一种方式。"（我说我说）

"还有没有告诉你其他有关甯秀男的事？"

"没有了……哦！有，不上解剖课的时候，他们就拿哑铃一直举一直举的，据说把肌肉练得又痒又硬，也能满足性欲。"

"你说他们一齐上解剖课？"

"是呀，甯秀男站在小桌子上面对文采德大声说：'把你杀了

好吗？'"（把你杀了好不好）

"嗯，可是我们听说甯秀男就住在这医院，而且就和三岛先生你住在一起——"

"在哪里？……牟大夫，你不要吓我好不好！"

"我们没有吓你，大家都知道甯秀男认识你！"

"医生，拜托你不要这样说……你不知道甯秀男那个人很坏，还有精神分裂病……"

"你说甯秀男很坏，可是我们认为甯秀男的心理虽然有问题，大家都应该帮助他，你也要帮忙他，不可以排斥他！"

"医生，不要这样说好不好！"（不要这样说好不好）

"甯秀男，我们现在每一个人都知道你不是三岛由纪夫，你的名字应该叫作甯秀男，甯秀男就是你！"

"……"

"甯秀男！"

"有……"（没有没有，心里的声音说）

"你能不能和我们说你叫什么名字？"

"名字？什么名字？……哦！三岛由纪夫，日本，东京市，四——"

"不对，你叫甯秀男！"

"医生，为什么要我说自己是那个甯秀男，我好痛苦……"（你们好残忍，心里的声音说）

"你身份证上的名字就叫作甯秀男！"

"哦。"

"从现在开始，你已经不是三岛由纪夫了，你是甯秀男，甯秀男就是你……现在你告诉大家你是甯秀男！"

"……"

"说你是甯秀男。"

"我是甯秀男。"

"嗯，很好，牟大夫问你，你叫什么名字？"

"我叫三岛——"（由纪夫）

"不对！你叫甯秀男！"

"哦。"

"说你是甯秀男。"

"你是甯秀男。"

"不对！要说你自己是甯秀男！"

"哦，我是甯秀男。"

"嗯，说你是甯秀男。"

"我是甯秀男。"

"嗯，说你是甯秀男。"

"我是甯秀男！"他说。

"我是甯秀男！"他说。

"我是甯秀男！"他说。

…………

这个时候，医生回过头，在人墙外，门上的小窗下，发现我以蹲姿沉思，便笑一笑招手示意我到那边去。我抱着笔记本，向前走，很有礼貌地朝每个回首注意我的 intern 先生和护士小姐问候，走到床边。医生命令他把眼睛打开，他无奈地唤了一声："好想睡……"眼皮睁出一条细缝，瞥了一下，不小心又合上，又努力拨开，瞧了一眼，突然瞠出两粒黑油油的瞳珠子，欣喜地大叫一声：

"威廉！"[1]

1《少年维特的烦恼》中书信体的日记，系维特写信给其友威廉，事后由威廉编辑而成。

秋日盐寮海边

下车后，往宜兰的方向前行，先是一大片挖土机整过的土地，铁丝网严密地在外围障蔽。禁地内，停置三辆黄色的庞然巨兽；白色木屋工寮里，有人眼神机警，注意我们的队伍。但机器们尚在待命、执行任务之前，生机旺盛的野草又已立刻将这片土地抢回来，反而像是一片被森严保护的草原。他就站在以绿色草原为背景、悬挂铁丝栅上红色的"闲人勿进"警告牌前，以沙哑微细的声音同我们解释这块土地的工程性质，及其或许将为我们社会人民带来何等巨大经济效益等等；然后，对着喧闹盛开的牵牛花筒默想，思索一些舆论以外的情节。他走在最前面带领，与我们保持至少五公尺的距离。不知为什么，我总觉得这个队伍被一个过分严肃的目的给导引了，更不理解的是他的故意误解。在我看来，他之所以违背诺言，临时把二人小组扩大成一支盛盛大大的度假队伍，不过愈表明其自我防卫、逃避现实的心态罢了！

队伍井然有序行过铁丝网的尽头。直到前时隐藏于防风林后的海洋、沙滩，开始辽阔地展现于我们的左视野，忽然，有个队友不小心，将工程的名称透露出来，我们的脚步才因敏感话题的介入，变得凌乱不堪。公路上，来往此风景线的车辆，穿梭不息。我是走在队伍最后那个高瘦个子、长头发、肩背黄色旅行袋、面容显得有点苍白疲倦的男生。我努力配合严肃的心情，压抑心中的悸动，凝视地面的投影；偶尔，也会偷偷抬头，当阳光在瞬间灼痛眼瞳的时候，兴起奔跑向前与他并肩而行的强烈渴盼。这一天，阳光炙热。（一个星期前，我刚与他在实验室中，惨白灯下，倾听一只蜜蜂在封闭的玻璃罐，找寻出口；细数翅膀振动频率过程中，度过今年夏天大概最后一次台风夜。）

一个星期后，天空落雨。我再次行走在这条公路上，却因着目标不明，焦躁的心情不知如何来调整一再紊乱的步伐。我却一直忘不了他那张被阳光炙红的脸庞，在归途的火车上，被夕阳焕出一种神秘温柔的光。当时，他双掌交叠支撑下颏，眼神疲倦注视窗外风景的移动，我问他："你既然泳具都已准备齐全，天气这样好，怎么又突然不下海呢？"他移移下巴，换个舒适的角度，没有答应。

"你不是说老早就想到这海边来游泳？你今年夏天没有游泳。盼了好久了……你今天是不是不太快乐？"

"没有啊。"他说。

"找个有空的时候，再一个人来，痛痛快快好好好好享，受，享，受。"当火车经过一座河海交汇的大铁桥时，他忽然对着海面的夕晖，大声说。

雨中，我独自行过铁丝围绕的核四厂预定地，杂草似因雨水滋润，更茂密了些；挖土机们垂着手，兀自承接雨露；白色木屋工寮中，原来还豢养两只长着尖锐獠牙的大灰犬，上回经过的时候，却被我们忽略了。过了尽头，水雾层积的海面，阴霾不化的天空，冗长疏落的沙滩，混浊汹涌的浪涛，沉重贯穿风中嗞嗞摇曳木麻黄丛，传至空寂公路，雨点轻缓，不断渗透。我拉高衣领，保护湿冷脖子，朝空中呵出三喷白烟，穿过马路，依循队伍上星期的路线，来到盐寮村抗日纪念碑。

穿过马路后，便以朱红牌楼为背景，上书写：**盐寮抗日纪念碑**。他站在中央，我们分为二路纵队，在他左右立正排成直笔笔一横列，一同注视这座冰冷的黑色大理石纪念碑，并且轻声朗诵碑文。当我们俯首，让太阳烤炙颈背，内心正热腾腾的不知所措的时候，他却悄悄拾起背包，在我们彼此平行的目光恰好察觉到微细动静之际，用最迅速的步伐跑向海滩。我们立刻追随他而往，唯恐在这冗长绵延的沙滩上失去引领的目标将不知何以自处。显然，这并不是一次成功的逃亡。足尖尚未被咸湿的海水浸濡，他便已结束快速的奔跑，立在原地，用一种忧郁无奈的眼神平静等候我们到达。

一会儿，我们终于又恢复为一支完整的队伍。他仍然动也不动，保持寂静的姿态，忧郁地凝视我们。半晌，若有所思地眯起眼睛，转身朝向前方的潮浪，往东北角太阳照耀、光影浮动处悠悠望了望，想了想，沙沙的喉咙忽然低低细声说："呵。就让我们的队伍在此解散罢。海，或许是很危险的，东北角，曾经有个小渔村……你们，你们最好分组，结伴而行，不要一个人在海边单独行动……你们的心情要维持和谐，你们的意志要保持坚定。"

　　我们相觑而视，彼此交换一些犹豫的目光，瞥瞥他坚定的眼神，渐渐地，似有所体会，三人一组，四人一组，竟然真的开始出现在海滩上了。他仍然走在队伍最前端，好像依旧带领着我们，头儿也不回地，这样——他就可以变得自由自在任凭自己忧郁缠结的思想肆无忌惮地在沙滩上泛滥吗？他为什么要一个人单独离我们而去？（离我而去）我想。是不是孤独的时候有助思考生命？（实验室中许多多装着昆虫的晶莹透明玻璃罐，我问他从什么时候开始喜欢上这玩意儿，他说他不知道。他说这种研究使他喜悦。他说这是生命。他说就好像看见自己正在这封闭旋转的地球中绝望无助地呐喊歌唱。他说）我想。他必定是在寻找一处适合下水的海域？他的背袋里装着泳具，他说："两岩之间，海潮平缓，适宜戏浪。"然而，为什么又迟迟犹豫呢？（阳光如此温暖，如此棒；海水如此碧蓝，如此清澈，适宜游泳）还是，又从丰富神秘的浪涛声中得到新的启示？他头儿也不回，他不知道解散后的队伍并非如他所愿朝各个方向发散却始终追随他，他不知道我落单而行，不知道我根本无意加入任何一个小团体，也没有勇气穿越横隔在中间的人群超越他，而我——

我是多么渴望地走在他的肩旁啊！（那只飞虫是多么绝望地在找寻出口呀！）

可是，一开始，我却已经把最重要的一点给忽略了，这种季节，实在是不适宜下水的。早在我们于实验室中送走今夏最后一个可能的暴风雨，游泳的季节就应该结束了。（本就应该结束了，不可轻易下水。）

10月24日，星期六，琳恩台风正以每小时二十二公里的速度向西北西进行。20时05分，一个人孤独地结束周末晚餐后，风雨中，撑着伞，进入校园。他位于资讯大楼的实验室，灯火明亮。推门进去的时候，他的助理小姐正啃着汉堡，收听台风最新动态消息，看见我全身湿漉漉，连忙叫我把鞋褪了。"不要把潮湿带进来。"她说，"你等着，我先打个电话进去。"

"谢谢你。"

"哦！林先生，抱歉，电话没人接。"

"我看你直接进去好了，他从早晨上机，便还没有出来过哩！"

"哦！"我说，"好罢。"绕过主控室，小心翼翼推开一道厚重大铁门，轻轻悄悄走进去。看见他双手托腮面容无什表情，呆滞凝盯死寂黑色电脑荧幕。我说道："我的进入对你的工作无所影响吧？"没有反应。键盘右方透明晶莹玻璃罐里一只飞虫上升，在瓶口巡了一圈又重重快快落下来；书架上的松树盆栽旁一只新来的蚱蜢正跳呀跳呀努力蹦跃，青绿色的体壳撞击坚硬玻壁，发出清清脆脆的叮叮咚咚。辛勤的蚂蚁爬呀爬呀从许多墙角爬行到大铁柜搬运食物；大铁柜中许多玻璃罐许多虫子在里面挣扎求取生存。

我走至松树盆栽，用指尖撩拨尖锐的松针，体会一株植物体如何将奇妙的讯号自皮肤受器送至我的神经系统。并且，为了排除室内过多的寂静，随便玩弄一只栖息在松枝上久未接触阳光而显得似乎有些褪黄的纺织娘。她的触角仓皇抽搐，朝我底指端无限搜索，船形的首级却被我强劲的指力予紧紧掐住无法脱逃，细瘦的肢脚痉挛收缩无助挣扎。我走至椅背后方，用食指与中指在他的头顶做出一对欢乐的兔耳朵，并且忍住发根分泌的生腥的油脂，将她置于他中年微秃的头颅。她理理萎缩触须，分分紧张肢脚，拍翅轻快飞回松枝，他平静抚抚秃顶，右手嘀嘀按键，荧幕蓦然亮起。

"模拟的进度如何了？"我说。

他继续按了一个控制键，记忆体接收输入讯息，沙沙半响，幕上显示出一只昆虫精细复杂的构造解剖图，四片翅膀闪闪，发出亮光，换了一些角度，箭头指向发声器，然后机器发出一段微弱模糊的嗡嗡声响，持续十秒钟，虫体消失，幕复归静寂。他吃力地扼住喉咙，茫然凝望空幕。许久，回头沉重地望了我一眼；

眼睛暗淡，布满血丝。又过了一会儿，颤着手将桌上一个透明玻璃罐递给我。我把玻罐紧贴耳壳仔细谛听，什么声音也没有。小心地捧住它对着日光灯端详，却发现原来这只蜜蜂折了一只翼，正在缺乏吸附力的光滑玻面上困难地踽踽跛行。

"多可怜的小虫子呀！"我想。然而——我又是多么不容易地一直在忍受你这透明惨白似的宁静啊 为什么一点儿声音都没有呢 我问可是你一点儿小小声音也没有回报我 他也没有再回头凝望我 你也只是一径面对电脑荧幕思索谜样的程式设计不理会我 把安静留予我终于再也无法继续忍受也不再理会你的残缺双方用力将玻璃罐震荡奋力摇晃 你 痛苦的它终于也无法拒绝放出毒针 呵 凹陷的尾腹扭曲的脚肢救命的呼喊 呵 你的脸映在黑色荧幕 扭曲的双颊 纠缠的皱纹 愤怒的嘴唇 你对它们不是毫无怜悯之情的吗 你自己说的生命原是一首绝望无助的歌唱 啊！你看，你快看，他飞起来了，他飞起来了耶！听到了 听到了 哦！我听到了你在里面嗡嗡的歌唱，你的歌声中，飞翔一把锋刃精巧的毒针，而你却不该轻易牺牲生命中唯一仅有永恒而美好的小小毒针呀！

当飞虫再一次被地心引力吸回罐底的时候，我们俩同时在瞬间望见一片晶莹透明的翅膀从它身上完美安静地降，落，下，来。他倏地从旋椅中立起来，叫道："啊！"

"啊！"从墙面反射回来的回音说。

我却没有回顾。发抖着将玻璃罐放在蚱蜢旁边，踱到窗台前面，注视着一阵强风把一阵雨水打在窗面，把我们的影子浇碎。他沙沙的声音突然说："台风明天就会走了吗？"

"嗯，也许。新闻说台风今天晚上将会登陆北部地区……可是，都已经是秋天了。"

"哦。夏天已经走了吗？"

"也许吧，也许……哦！我不知道！"

"那么……嗯。那么……怎么办呢？"又是细碎沙沙的声音，朦朦胧胧，像是一只昆虫窄窄小小的口器，无力地嗫嚅。

"我，我觉得你的生活太紧张了，你把研究工作看得太重了，你实在不应该把从前爱好户外运动的好习惯就那样轻易放弃。不要，不要老是那么严酷地把自己封锁在实验室中——"

"没有啊。"他说。

"哦！真的。我今年夏天没有到海边游泳。我今年夏天没有到海边游泳……"他忽然激动地无法停止地，大声说。

可是，我根本没有想过，他竟然会把我们这班的其他研究生一齐找了去，当然，我只能说这算是一支声势壮大的郊游队伍。（实际上，一点也没有错。）我却不禁怀疑：对于调整生活的压力，这种做法是否能够提供任何有利的助益？他准备了泳具，他今年夏天没有到海边来游泳，他的确是打算来此实现内心的愿望；我也十分乐意陪伴他，与他从事这项有益身心的度假活动，他却违背了诺言。（一开始，我就忽略了，这个季节实在是不适宜入水的。）但是当他有意将这支队伍分组，与我们保持仍然适合他孤独思考的距离，而我们却不听劝告，解散之后，重新组合的小团体，依然一步一步朝向他，追随他，与他接近，监视他。我们只看见一个忧郁者的背影与其泳具漫步沙滩，汲汲寻找适合下水的海域；他却徘徊不已，一再地将美好的海滩忽略了。我们猜测他的故意错过，是因为不快乐。后来，我们却忽然觉悟：还是他要带领我们同去寻访东北角上未可知的小渔村？

雨势渐渐加大，寂寥沙滩上，除了几个沉默的钓者依然坚持等待他们未上钩的鱼饵，就只剩我孤寂的足印，从纪念碑走下之后，便一直一长串连接绵延而来，紧跟着我的背影移动。他说的那个小渔村，似乎还在遥远地方，若隐若现，我也不敢肯定它是否确实存在。难道，我就要这样一径不确定地走下去？（我却有种古怪的预感，目标好像离我愈来愈近了；一种不可测度的恐慌，在潜意识中蠢蠢欲动：你渐渐与我接近。）

实际上，那一天，我们的队伍在还没有到达所谓的渔村之前，便于中途折返。今年夏天的欲望没有实现。

中午，我们在防风林中用餐。一个队友在木麻黄树干上，发现白鹭鸶巢穴，里面有八颗完好纯白蛋卵，我们却没有在附近见到婆娑飞翔的白鹭鸶。后来，我们又发现风林彼端白烟升起，飘来一阵一阵焦灼熏鼻的臭味；我与一个队友跑步前往视察，原来有人喷洒汽油焚烧垃圾。于是，我们决定转移阵地。回到公路上，太阳下，继续拖着疲累的步伐前进。他依然孤单走在队伍前端，却不再回头，视察我们的秩序；一言不语，有意扩大与我们的距离。我想他是为了观察与思考神秘声音的起源？他人工智慧实验室里的大电脑，终究没有办法为他将生命体深处最真实的语言精确地模拟出来吗？公路上，游览的汽车来来往往，穿梭不息。我落在队伍的最后面，不知为什么地，头疼痛不已，一股嘤嘤的音波，不绝地缠绕我的耳畔，用特殊的音频，迷惑地刺激我脆弱的耳膜，使我晕眩。

我一个人孤独地在沙滩上跋涉前进。原本逐渐加大的雨势，说也奇怪，到了沙滩另一头，竟然停歇了，柔弱的光丝，正平静地褪去包围在它四周沉重的积云，透出一些些斑驳蔚蓝。向来时方向远眺，只见灰蒙水雾，沙滩空旷寂寥，人群逐渐朝阳光地方靠拢过来靠拢过来。

卵石堆上，垂钓者的钓竿，平行密集排列在远空交会；汹涌混浊的浪花，仍然不少精壮胴体奋力同海洋索取他们今夏最后一次活动；河口处，石桥下，运动选手身手矫健熟练驾驶风浪板频频做出危险动作；岸滩上，伞荫下，一具具，遭太阳烤炙而呈古铜色的肉肤，受浪潮锻炼而结实无比的肌块，刚从都会赶来苍白而萎缩的赤体，张开的腿，环抱的手，紧闭的眼，浓密的毛发，在寒凉的风中巍巍颤立。他们大概都是些不愿承认秋天已届依旧缅怀夏日时光的人吧？我想。脱下夹克，让毛细孔吸收阳光。带着一颗跳动不安的心脏，自各式各样的胴体，假装无所悸动地穿梭而过；阳光一经吸收，汗水涔涔。（"你要保持镇静。"我说。我确定你就在这附近，可是我却不能肯定那个逐渐接近我底目标到底是什么。）

我继续向前行进，越过一座沙丘，看见一位穿着传统服饰的阿拉伯男人，与两个白女人在波斯红毯上亲热爱抚，阳光下曝晒赤裸胸脯，棕色博美小狗遇见陌生人凶恶狂吠，一位衰老渔夫划木筏撒网捕鱼，一尾尾巴掌大猎物日光下翻跃银白肚腹，年轻男子力气强大，尖锐鱼叉毫不留情猛勇捅进游鱼鳞鳃红血嘴角滴淌。

（近了，近了目标近了……沙沙声音说。）

我走至一个可以环顾附近一切视野的矮坡，足以掌握沙滩上的任何细微动静。

先是一位穿黑色三角泳裤的泳者从浪沌中跃出，朝另一位红泳裤同伴呼唤，当两人再度跳进波涛翻出来的时候，密集平行排列的鱼竿突然一根根此起彼落掉下来，钓者们纷纷往两位泳者的方向移动；然后是持鱼叉的猛勇男子；渔夫也立刻靠岸跑过去；三个外国人与博美狗犹豫一会儿，最后还是决定往人群的方向移动；风浪板选手们也来了；躲在海滩各个角落里的人们听到讯息后，亦都好奇赶过来。我轻轻悄悄走下矮坡，不知为什么地，心情异常平静。无所悸动。走进人群。

我看见他了。哦。是他。他一脸平静，没有表情。如许沉重的头颅搁放在第一位泳者的腿缝，猛勇的年轻男子双掌叠盖置于他脆薄的胸椎，替他挤压肺部积水，包围的人群，窃窃私语，声音愈来愈大，愈来愈大，愈来愈大……嘴唇青紫，缺乏笑容；双手浮肿，紧抓相机不放；肩膀斜斜背着装放泳具的背袋。我屏息注视这沉默的躯壳。当他们决定放弃再对他进行一切急救的时候，我努力微笑着走向前，对准镜头，按下快门。"咔！"清脆一声。

"这样一来，他便要将我永远摄入他底灵魂！"我这样想。才刚走出包围的人群，心情便不知怎地激动起来，不禁哭了。

防风林的外边

某一年 1 月 28 日 13 时 30 分，一个肩着蓝色登山背包的长发男子，在台北火车站买了一张车票。车票上是这样写着："1.28 ／台湾铁路局／莒光　41A 次／台北→花莲／ 13 : 57 开／ 6 车 49 号"。

　　这班列车预定 18 时 05 分抵达花莲新站。

　　事实上，这位身材魁梧的长发男子 16 时 55 分在宜兰县与花莲县交界的一个小车站——和平，趁着火车停靠月台，等候交会列车的空隙，忽然决定提前下车。当时，月台上的工作人员，曾经看到他的胸前悬挂一架沉重相机，并没有看到蓝色登山背包。

　　下车的原因据说和防风林有关。

　　1988 年 1 月 28 日，天气晴，今天下午 13 时 30 分我在台北火车站买了一张 13 时 57 分开往花莲的莒光号车票。隔着一层透明玻璃，当售票员在终端机前方嘀嘀按键，打出一张车票，匆忙地把它与找钱从小洞口扔出来，硬币碰撞大理石平台发出的清脆声响，撞击我的耳膜，忽然使我产生某一种和防风林有关的躁动与不安。车票的最下一行写着："6 车 49 号"。

妥帖地将它收进上衣口袋，忐忑地穿越人群构筑的屏障，来到贩卖部，买了三明治和可乐，经过一个兜售口香糖的独脚人，摆脱玉兰花老妪干枯的皱手，卡式公共电话后方还有三个空椅，我走上前，选择靠右边那个蓝色的。

座位前方是对双肩相依的候车情侣，女孩不整齐的发梢，散落在微倾的椅背，流露出木麻黄的迹象。中间空椅前的地板，俯卧着一张踩满鞋痕的车票，好像很早就已经被它的持有者抛弃在这里了。

我倾身将它小心拈起，保持原先俯卧向下的姿势置于掌心，一面啃啮餐点，且吸吮，一面观察它布满鞋齿痕迹的背影。

起初，我以为它之所以被摒弃在这个地点的原因，是为了过期的缘故，所以心中没有翻转其身躯使其仰望向上的强烈渴望。可是当我弯曲身腰，预备将它归还原处，却发现它的体格竟然完美无缺，同我过去使用的一样大小，拥有标准化的规格，唯一不同底是持有者们前往的目的地与出发时刻，未必总是相同，上面也没有检票员剪下的缺角，而且似乎是崭新的一张……不知不觉又勾起前时产生有关防风林的种种躁动和不安。

许是曾在某个梦中抵达某一防风林？我想——但是山脉深险

108

的结构和海洋激情的呐喊，为何却又如此印象鲜明地烙留脑海？无可防备地自神秘荒芜的记忆渐次向外扩渗，慢慢地活跃起来。

根据和平车站月台当时正在操纵闭塞机的工作人员描述，长发男子有宽阔的肩膀和厚实的手掌，臀部略微抬向天空，是一张布满棱角稍带愁容的脸庞，由于神思坚定，更使人不由得相信他是怀着某种企图降临本站。蓝红格子衬衫，牛仔裤，棕色皮带依然散发新鲜皮革血腥气息，证明是由上好动物毛皮制成，尺寸较市面一般见到还要宽，且长，显示是名男子确实拥有粗腰。跃下月台后，就直接进入铁轨下方的荒芜平野。他认为下去月台，经过旷野，从防风林的外边走到外边，所费时间不会超过十五分钟，而且驻扎和仁附近的两栖蛙人部队，经常前往该地从事艰苦的体能锻炼与战斗演习，草原上已经留下蛙人腹肌匍匐前进的路迹。可是他看见他行动缓慢，踯躅不前，像是在搜集什么情报，行踪十分可疑。后来因为天色太暗，他不能够确定他是否进入防风林。

旷野上值得考察的事物其实不多。

建筑物方面计有：一间十年前修筑北回铁路遗下的铁皮工寮，三幢因为近日解严海防部队撤离留下的碉堡，一座生锈的铁塔，欠缺修缮、摇摇欲坠的竹编瞭望台，靠近防风林入口的地方，有两口干涸的虾池，埋藏地底汲引海水上岸的塑胶导管均告破裂，暴露在地球的表面。

植物方面有：林投、咸丰草、火炭母草、兔儿草、日日春、三叶草西番莲，和须根版图最为蔓延的禾本科属。

动物的分布比较没有系统，除了地上一些长期定居的瓢虫、蟋蟀、蝗虫、蚱蜢、青蛙，和种类不超过五种以上的蛇族，地底有蚯蚓、蜈蚣、和鸡母虫。偶尔，布农族老人也会领着他的羊群，在黄昏的时候悄悄经过。更远一点卵石裸露的溪床，还有水牛、牧童，与坟冢。

似乎无人知晓，入夜后，该名男子曾经一度从防风林外边的外边出来，当时 29 日 0 时 30 分花莲开出的 48 次莒光号列车，1 时 09 分在和平车站等候交会，可是窗户靠海少数神志清醒的旅客，因为黑夜的关系，有利影像形成的因素太强，他们照见的只是他们自己，比白日见到的那个自己更加清明，而未发觉旷野有比较特殊的状况。"黑暗之中，视而不见……"长发男子屹立旷野，低声说道；铁轨上每一节灯火通明的车厢，窗子上每一颗苏醒或者酣睡的头颅，视网膜一目了然。他却不能像那些旅客一样照见自己。

犹豫之间，我情不自禁伸出左掌，拍抚前方情侣右边那位女孩瘦癯的肩膀。她的肩胛遭受压力，五指微张，立即向后聚集散落椅背发梢，拢成一束木麻黄似的针叶。回过半个脸颊，疑惑地望着我。

我赶紧说："请问，这是你们的车票吗？我刚刚在地板上发现它。"

她低下头，迅速瞥了一眼。

"是谁要搭乘的这班车次？"旁边的男孩转身，怀疑地说。

"我不清楚。不是你们的吗？"我耸耸肩。

"你们——我和你吗？哈哈。"她指着我，兀自笑将起来。

我摇头。

"你指的是它吗？"她指着车票。

"嗯。"我点点头。

再三思虑，掌心收紧的发束渐次脱离，回过另外半边脸颊，面对面，一张均匀有度的脸庞忽然压迫在我的视网膜。她小心翼翼地将它自我掌心捡取，不让我瞧见正文。男孩随之凑往，掩不住内心的欣喜，不时抬眼探索我的反应。但经女孩再三回眸，投射其暧昧我无法接纳的波讯，他就突然变得安静，低头望着自己的鞋子。

"是不是你们的车票？"

男孩刚要回答，女孩沙哑的喉咙抢先一步："先生，抱歉，此张车票不属于你们。"男孩窃笑。不待我提问，紧接就恢复俯卧朝地的原来姿态，谨慎地置回我凌空伸出的左掌。

望着重现的背影，令我感到又熟悉又陌生，不禁有股将其翻身仰望向上的强烈渴望。

29日凌晨1时12分，48次莒光号列车离开和平站，尖锐的汽笛在漆黑旷野鸣下三声警戒讯号，坐在6车49号的某方人士，发现车内的灯管映在窗玻，悬浮林梢，与沉沉天幕融合，曾有片刻错觉以为是军事单位的侦察飞机在做例行巡视，因此心悸，显示不止一人的视网膜有防风林的症兆。长发男子，仰躺原野，听

111

见音波，心中有股冲动想要回去小站（下班列车停靠的时间为 2 时 28 分，由台北 28 日 23 时 58 分开出，47 次）。

可是他的相机还挂在防风林内一株木麻黄低垂的枝丫，二分之一的底片已经留下记录；笔记本放在防风林外边的外边一处沙地上，用皮鞋和鹅卵石镇压，里面或许有线索可寻。按捺心中的冲动，凝视浮凸在星河湛蓝夜空中群山危险的造型，如此地压迫视野，他不停地思考人类种植木麻黄形成的种种藩篱意义。须臾，起立，迈动沉着的步伐，徐徐走进林投树覆盖碉堡地带，危危攀登摇摇欲晃瞭望台。

我极力压抑心中的欲望，好不容易才维持俯卧向下的不变姿势，将它谨慎地置放拇、食二指，上升与眼等齐，与视线保持平行，正、反两面出现几率均等，正文若隐若现，以免脑中过多偏颇臆测。且我运用指端螺纹，同时在两侧对它进行柔软摩擦，希望借由肉体接触，刺激神经的末梢，催化心中迟未开展的意念，对它未可知的部分，建构一套知识的体系。

但是自从前方情侣不假思索自行翻转身躯，变换它的姿势，经由正面观察，判定此张车票不属他们。转身以后，便不再维系双肩并列的固定形式，时而悄悄撇头向后窥视，此种看似不经意的小动作，监视了我的一言一行，好像害怕我出其不意的行为，将会破坏他们观察结果的可信程度。好几次，我全神贯注，飞跃的思绪几乎就要在瞬间完成同步，他们忽然拍掌，发出讥笑，我才刚刚瞥见自己残缺不全的肢体完整健美地出现在车票界面，集中的思维便告断裂，手指不自主抖颤，再也不知如何继续维护它的平衡。

长发男子攀跻向上过程，沉重身躯再三压迫松弛毁朽不堪承受的竹节，发出唧唧呀呀侵轧。当他达到终点，两脚分开，双臂平展，稳稳屹立在摇晃瞭望台以后，喧嚣随即沉默，强劲浓浊的鼻息，深长地与远方的浪涛绵延地抗争。

跂起脚跟，饱满的足趾坚强地吸附竹筒光滑弧度，双臂等速向后移动渐渐靠拢，黑暗之中两掌准确抓到彼此虎口，缓缓升起，遥指天际，坚挺脊梁遭受二侧阔背肌掣肘逐渐压抑下降，面庞升扬，平行凝视远方，仿若黑色光影浮掠无边地带就是了。渐升，渐沉。

蓦然右腿向后尽力踢出，身体惊险蹭步，左脚立即找回重心，感觉自己好像已经飞起来了……强韧颈肌依然全力支撑重压脑颅，锐利眼珠机警捕捉一切有关海洋讯息，内心止不住回忆前时仰望群山烙印脑海危险的巨大岩石印象，一面体会每一瞬间每一块张裂肌肉，在意志、形体获得平衡的刹那，绽放永恒的和谐的美感。

"如此一来，你就更加局限在其背影仅能提供之原始感觉予料——然而，平面之超越，尤其需要飞翔意念瞬间完成同步；美感经验的顶点，需要肌肉、意志常常保持锻炼……"我无奈地对自己说道。

可是，指尖愈是颤抖，愈是恐怖地意识车票的存在，渐渐已非指端微薄力道所能驾驭……

形体依照重力加速原理疾速下降，一团不规则魔影朝向自由落体迅速逼近，和地球碰撞的刹那，他发现自己坠落在柔软的沙堆。到底是维持身躯平衡的肌肉不够坚强，不足负载众多意念，以致坠落？他想，抑理念之本质，原来就不是有机体能够承受，以致坠落？

　　就这样，当我刚刚及时察觉它自掌心不幸悄然滑降，遭受地心引力吸引加速下坠，来不及抢救，事先没有任何迹象，女士纷纷走避，一个裤裆开启、身穿藏黑短袄蓬发男子，恰好在这个时刻从人群中游走出来，当它撞击地球表面的刹那，眼光正好不期然与它相遇。忽然改变方向，垂首，面向我来，背对着我，弯曲身腰，将它捡取，迅即消失在人群中。仓促之间，我只观察到他健劲的小腿，与露在拖鞋外面肮脏的脚指头，然后，空气中就全剩下他皮肤表面蒸散遗留的特殊气味——（**爸爸!!**）

　　"我倒想听听你还知道他哪些过去。"

　　"高中时代，班上从外县市转进一位新同学，他主动朝他伸出友谊的双手，其实是他的内心暗恋这位身材魁壮、性情沉默，显得有些忧郁的新同学，他想勾引他——"她停顿，试探我的反应。

　　"……"

　　"几年之后，有一天他们在台北的街头重逢，他喊他父亲——"

　　"你为何老是阴魂不散搬移童年往事，尽贬损我的自尊？好像一个躲藏在我脑壳中无事不知的侏儒！"

"后悔了，不是吗？"她没有感情地说。

我无助地容忍这异味，心情不知为什么地觉得很紧张、焦躁，还有一些些后悔，大概是和那张车票的失去有关罢？我想。

13 时 45 分，前方的情侣先行离开。五分之后，检票员在我的车票边缘剪下一个小缺角。正要行出铁栅，那位捡拾车票裤裆开启的蓬发男子，右胁挟了一叠报纸，指指点点，从人群中缓缓游出来，女士纷纷走避，径往我才离开的座位。跷起腿，吞口烟，正要打开报纸，忽然察觉远方某个人的眼睛正在观测他。我赶紧把目光移开。那片刻间，心中幻梦似底不安，不可遏抑地扩散开来，防风林的意象渐渐变得生动，恍若我甫自那个地方历劫归来，也许是某个曾经出入防风林的陌生人，把我的思绪感染了。

反复地在心头回想，比对，分析，仍然归纳不出有关进出木麻黄树林的正确时间、内容、与地点。至于出入林中的那个影像的性别、年龄、和性情，更是一筹莫展。

下了天桥，13 时 57 分开往花莲方面的莒光号列车已经停靠在月台边。迅速地来到容纳自我形体的那节车厢，站在月台上，隔着一层玻膜，辨识出自己拥有的那个座位，旁边已经坐了一位长发披肩的女孩。她的双掌交叠，端整地放在腿上，眼睛坚定凝视前方，嘴唇紧抿，发丝压迫在倾斜的椅背与体重之间，显得十分压抑。仿佛是躲在感官背后，我自己肉眼无法意识到的那个陌生、逃避的自我。

我不愿太早上车，因为走道还充塞提着行李急于对号入座的旅客，没有盈裕的空间让我从容归定位。只好停留窗外，监视属于我底那张座椅，心中一面小心勾勒长发女孩反映在玻面上曲折模糊的侧影（将属于我底那部分的影像融合得恰到好处），一面透过人和人之间的隙缝，观察停靠在对岸月台，同样也是13时57分开出，往高雄方向的1005次自强号列车，窗玻上浮现无奈的人脸。直至所有旅客均已疏通，抵达定位，才不慌不忙上车。

根据影像投影在窗膜上反映在视网膜表面传达给大脑的印象，找到自己的座位。看见女孩的姿势不变，很快就与记忆中留下的样子重叠在一起。可是过了一会儿，仔细瞧，却发现她竟然是一个削着一头轻俏短发的年轻女孩，而且好像正是不久前在候车室中同我说话的那个女孩。我惊愕地睽瞪熟悉的侧面，仿佛是见到每日清晨梳洗镜中面对的那个我自己。顿时，不知如何与我先前观测获得的结论联想。她则一径保持前时坐姿，双掌交叠，凝视前方，一动也不动，好像毫无觉察我底抵达。而属于我底那只橙红色座椅，临着一大面四方形的窗，显得过于空旷，窗户外边，月台上，一批刚刚涌至等候下一班次的旅客，显得有些拥挤，我则无法向外透视，推算方才观测时的误差。

愣了好一会儿，我试探地问道："小姐，我们刚刚是不是在候车室中见过面？那时候，你和你的男朋友坐在一起，我捡到一张车票？"

116

"嗯，有吗？"她低低回答，身体静止不动。（我觉得好像听见她说："我们——我和你是吗？"然后掩嘴哧哧地笑。）

"你的男友怎么没有与你同行？"

"……"

"难道他没有和你搭乘同一班列车？"

"有。"她肯定地说。迟疑地仰起面庞，将我从头到脚快速打量，又赶紧别回去。颈际浮透一块青白色的皮肤，十只手指僵硬地抓着裙褶。

"小姐，能不能借过一下，里面那个座位是我的。"

"呃。"她的喉咙响了一声，小腿迅速靠拢后缩。

"谢谢您。"我说。面临光秃带刺的青白色颈背，谨慎地跨越白皮鞋，来到车票上指定的数字。

此际，对岸月台开往高雄方向的自强号列车正在移动，一扇接着一扇负载人脸的方窗，于我窗扉徐徐掠过，画面上，最后剩下她的与我的模糊交错的影像，窗子外边，对岸月台的对岸，两节行驶北淡线的小火车，寂寞地依傍月台，一个艺术家模样的年轻男子伫立车门，清秀白皙的脸庞有着痛苦沉思的表情，而我知道他痛苦的原因是来自突出蔚蓝天际后火车站倾斜屋檐苍老亘片中黑色的一隅。

"我警告你最好不要认识我，"她说，"我是一个性格复杂、感觉敏锐，能够知道别人过去、现在，和未来的可怕女人。"

"正好，我的个性随和，交游广阔，喜爱接触一切不平凡的事物。"

"那好，"静默半晌，她开始诉说，"1986 年 6 月 T 大心理系毕业，踏出学院围墙的第一个夏天，他的生活便面临从所未有的孤寂，因为好友都在此季节征召入伍，接受新兵训练，他则因为某种生理缺陷，未能同他们一块前往。从青春期开始，他就一径期待有天终可进入军队，接受严酷的身心锻炼，定有助遏阻自己耽溺忧伤、近乎女孩子气的病态性格——"

"……你还知道些什么？"

"隐睾症。"她出奇冷静地说。

此行前往东部的目的，纯粹是为了准备目前正在写作参加某报文学奖的中篇小说，里面有好几段是关于故事主人翁坐在火车车厢浏览沿途滨海景色的内心独白。

我不是一个可以久留异地的旅人，校务工作的繁忙也不允许我私自享受这份旅游的情致；我是一个学院派作家，我只是要买一张车票，坐在车厢里，体会一下坐火车的气氛。抵达终点站后，我也许会到市外的滨海公园兜一兜，听听海浪的声音，随后搭乘 29 日 0 时 30 分花莲开出的 48 次莒光号列车返回台北。一个作家身兼事业之余，能够利用拿来写作的时间非常有限，他无法样样事情都得亲身经历，才归纳宝贵结论，想象的才情才是创作最重要依据。做作家的朋友，他所恳求的只是你放他一人，给他安静，不要支配他，更不要关心他，最好离他远一点，因为作家通常具有小孩子倔强、不好招惹的性情，不明就里地就把你给伤害了。

原先，我担心身旁会是一位擅长交际的旅客，将使资料搜集遭受阻力，可是从方才的交谈情况看来，顾虑似乎是多余的。然而，从候车室中便一直持续干扰，那种由长发与木麻黄混含而成的特殊意象，躁动不安的心情难以沉静，老是无法集中精神记录沿途景物。过不多久，便昏昏欲睡。

"那一年的冬天，失业赋闲在家，体格检查的报告造成的遗憾，始终使他觉得自己像是一个被社会摒弃的异乡人。"

"……"

"对于这些叙述，难道你不表示异议？"

"……不，你说吧。"

"次年春天，重拾尘封的相机，不知道为什么他变得十分强调对象的构形和线条，尤其是男性健美的裸体，情有独钟，他不仅要求物体在镜头中的完美形姿，更耽溺室内机械刻意锻炼的肌肉标本，而这正是他梦寐以求的美与力的活生生实践，也正是他始终无法超越的人性障碍。"

"……"

"那年夏天，他披着累积一整个大四忧郁生活的长发，背着沉重的摄影装备，独自徘徊在海水浴场，不死心地一次又一次地猎取那些令他又感动又愤恨不平的黝黑胴体。常常，他一个人傍晚时分来到后火车站，等候 16 时 12 分开往淡水的平快列车。秋天的时候，进入芦洲乡一所艺术学校，担任助教工作——对不起，你是不是哭了？"

"没有什么，是我自己突然想到那位伫立车门痛苦沉思的年轻艺术家……"

同年 2 月 2 日（即 1 月 29 日凌晨 2 时 30 分，长发男子自瞭望台猝然而坠，体肤毫无毁伤，二度抵达防风林外边的外边后的第五日），新城分局派来的三位干员会同虾池主人，在旷野附近勘察现场。

虾池主人的看法是：平日防风林罕有人迹，可是从瞭望台支架摇坠的程度，可以想见不久以前确有一股威猛力量在此作用，力量造成的严重影响，不见得是剧烈打斗遗留下来，也许是自杀未遂。警方则从现场地理环境推断，这不是单纯的意外，可能包括与军事机密有关的复杂因子，也不排除军火走私，毒品贩售，遭杀灭口的可能性。他们都忽略瞭望台存在旷野的最佳用途，其实在于屹立之上，可以了无障碍将远近地形地物尽收眼底。

长发男子的视野曾经高高穿掠木麻黄林梢，当他咬紧牙关，昂首仰望天空，全身肌块暴涨裂开的瞬刻，防风林外边的外边的海洋、沙滩、卵石堆，层次渐进地朝他的视网膜逼近，在心田狂放地展开，思绪因之晕眩，几乎不能承受。而之所以走进防风林又走出防风林，是因为置身藩篱之外，保持着一段距离，海涛的咆哮更能够激诱胸臆汹涌冲动朝前探索。下车的动机，不是因为他预知防风林外边的外边必定有震荡心灵的海水，而是当列车停靠月台等候交会，他坐在车里，隔着一层坚硬的玻璃，透视外界风景，蓦然幻想自己一旦进入那片旷野，心灵将会变得十分孤独，身体将会显得十分渺小，于是他想要证明，是否无论旷野何其辽阔，无边无际，坚强的心灵都将永不迷惘？所以下车时，对海洋根本没有抱存丝毫期待，直至进入旷野，记忆中远方低低浅浅的防风林陡地在视野中筑成一道高高的屏障，突然发现天空在视网膜迅速后退，偶然吸收到空气中飘浮的咸味，才蓦地兴起朝前探索的动机。他哪里知道走到防风林外边的外边，竟是一望无际怒吼若兽般底海洋？不由自已地沿着路迹，穿过防风林，来到沙滩，然后耳畔就全是海浪沉重低回的响语。

我不知不觉就在火车富于节奏感的摇摆中沉沉睡去。醒来，15时15分。温暖的阳光从玻膜外边斜斜地射进，投在我惺忪的睡脸。困难地拨开眼皮，龟山小岛已然远去，火车即将进入兰阳平原，想起错过的风景，不觉感到懊悔。车厢所有座位均已饱和，可能不会有新的人上车了，我想。

邻座女子的坐姿稍有变化，两腿依然交叠，膝盖重合，尖长椭圆的腿肚平行紧密依贴，眼睛望下，异常专注地在一本十六开淡紫色封面的杂志搜寻，右手执握铅笔，笔尖与纸面迅速地摩擦，不时传来细密频繁的沙沙声。

察觉我苏醒，她面庞微微扬上，先是坚定平视前方，然后方向不太明确地投向我窗子底这一边，像是在看风景。我回头注视她，立刻又把头重重埋下，我只看见脊椎上方那片青白色颈背，疏落分明的发根，晶莹剔透的毛细孔，使我回想起方才梦里那绺诱痒鼻尖的发梢，极可能来自睡前这个地带的暗示；关于分叉打结，乃至发根断裂，则属短袄蓬发男子。车厢很安静，没有闲杂人等任意走动。等待片刻，故事似无发生希望。我倾身捡拾掉落铅笔，打开笔记本，继续景色的观察与记录。

接着临睡之前写下的那行潦乱字迹——"三貂岭，矿坑，溪水黄浊，采煤工人车站前方洗刷焦黑胴体——"下面括弧里的小字是——"cf. 假设年轻精神科医生返乡途中，无法不对同节车厢部分行为特殊旅客进行心理分析，不料引起部分人士敏感，他们联合车内其他乘客制裁年轻精神科医生这种擅自在公共场合发挥心理分析专长的脱序行为……"括弧旁的三角形记号下面是——"借由年轻精神科医生的视觉观察风景，思考人类移植文明在地球表面造成无可挽回的癌症，把火车行进过程两侧工厂、矿坑、都市、田野、海洋做详尽的印象派的描写，用意识流穿梭在医生与车厢旅客的心理互动——"我紧接着以工整字体写道："cf. 错过龟山岛……"

可是，情景的观察并没有因为饱睡一觉，思绪比较流畅，心情比较平静，那种长发、木麻黄混合的神秘意象，经过睡眠，仿佛从梦中拦劫灵感，更加活泼地阻挠我的创作动机。这么一来，笔记本上书写的这些文字，变成只是由线条、圆弧和圈点组合而成的记号，根本无法运用它们把海水、田野、公路、山峦，栩栩如生地诱导至我的叙事结构。

"其实，内心无法化解的冲突，从小便有迹象显示——"

"小姐，谢谢你这么好意再三提醒我，关于他压抑，甚且自己没有能力面对的童年部分。可是原先我所期待的只是与你做一则普通日常生活会话，或是听取简单明了、有益提升人性的人生见闻。"

"我预先警告过你的，"她耸耸肩，旁若无人地说道，"小学的时候，他们到海边郊游，沙滩上两个体格精壮、有古铜色皮肤的中年渔夫，用长尖刀宰析一只刚刚围捕上岸的大鲨鱼，附近海水都被染成鲜红色，他蹲踞注目良久，不敢站起来——"

"为什么？"

"因为他勃起了。"冷冷的声音说。

我继续写道："礁溪站，中年男子，灰色夹克，头颅微秃，身旁依偎绿衫女子，窄黑裙，粗蓝腰带，黑色条纹网袜——"

邻座女孩忽然说："先生，能不能麻烦你把窗帘拉起，外面阳光太刺眼了。"

"呃！"我怔了一声，把头掉转向她。**（你为何总是如此当我正需要阳光需要独自思考出其不意阻挠这一切）**

她已经从字里行间扬起下巴，视线明确地投射窗玻，好像是在注视我，玲珑圆润的脸廓完整明晰地反映在我的视网膜，细长的眼眶，柔和的鼻唇，均匀有度的曲率，额胛以降，向内稍收下颌，像是一条优美绵延的海岸线，丰满突起的双腮（微笑时必定伴随酒窝），目光稍显忧郁；一切皆与午时台北火车站候车室遇见的那位女孩符合无误。可是，她的披肩长发哪儿去了呢？一丝甜蜜流窜心头，心跳不自觉加速。关于她的男友，极可能坐在另节车厢，将不定时前来与她会晤，考察她的行为。基于这个理由，我想还是不要同她做过多的交谈，或是表现亲昵的小动作，以免引起误会。

我保持静默，转身并合窗帘。

"先生，谢谢您！"沙哑的喉咙感激地说。

"不客气。"我说。

火车起动。因为一位陌生女子美丽的脸孔和一则没有意义的会话，使我又错过月台上中年男子与年轻情妇（我揣测）的风情，宽阔的方窗也再不会有阳光、风景造访，因为我不思索就答应邻座女孩无理的要求。我也曾思量同她索取一则较长、内容丰富、具有启示的会话，以弥补情景的损失，但是一想到临行前的自我再三交代"不要因为一则萍水相逢的会话，而忽略行程中最重要的目标"，便又觉得十分难耐，踌躇不定。更何况已经错失了北滨的岩石海岸，我实在不愿意黄昏时分，火车驶经东部沙岸，却因会话进行，再次将它错过。它尤其关系着小说中最重要的情节的发展。我继续写道："短发女孩，青白颈背，神秘忧郁、焦躁易怒，脸上有海岸走过的明显踪迹，咸咸的……"

事实上，和平车站月台那位控制闭塞机的铁路人员的推测是正确的。长发男子确实天黑以后，才到达防风林的外边，并且考虑是否进入防风林。而之所以逗留旷野的原因，并不是为了要考察某些建筑设备或是生物特性，而是想要测量一些因为防风林的缘故，造成人类错觉的偏差视角。

29 日 0 时之前，某一段时间，长发男子确切一度回到夜雾弥漫的小月台，坐在长板凳上沉思，为何这个角度会使人类视觉产生误差，无法看到海洋，而将一切原因归咎木麻黄？（那时，车站值班人员正与本村一位夜间巡视田渠灌溉的原住民青年男子，谈及"政府"公园外围矿石开采亟需劳工的问题，没有察觉他在月台出没）百思不解，找不到答案。最后决定模仿海军陆战队匍匐前进的刻苦姿势，重新回去防风林外边的外边。

长发男子从外边的外边走出来的正确时间，大约在 23 时左右。至于发生在旷野中央、瞭望台顶，与二度进入防风林采用的姿态，尚缺乏目击者提供相关情报。

1 月 29 日凌晨，花莲市某分局值班警员接获一位自称秘密证人打来的长途电话，指出一个由三女三男配对组合的同性恋集团，28 日从台北出发搭乘午夜快车南下，将于次日凌晨于花莲县境某一遮蔽良好、风景优美的海滩，进行一项非正式性的联谊活动。清晨的时候，和平站长饲养的牧羊犬独自到旷野排泄，进入防风林到达外边，在一株木麻黄低垂的枝臂，发现一架破碎的相机，不远处的石堆上有双皮鞋，摔坏的镜架，撕烂的笔记本，旁边有只崭新的银色高跟鞋，更远一点海水常常到达的柔软沙滩，还有各式各样折断跟的，和男人的与女人的衣裤；但它只是纳闷地嗅嗅，舔舐衣服上的分泌液，没有向主人报告。由平野生长的植物群落来看，则缺少足以严厉毁伤肉体的科属，如刺藤、野蔷薇、荆棘之类，大概为鱼群所啮，或遭礁岩猛烈碰撞。

原先我预定故事的发展，是以台北火车站候车室地板上那张车票当作主轴，裤裆开启藏黑短祆蓬发男子闯入，将它拾取，匆匆离去，最后留下狡狯的一瞥，意味着不少可能的情节旁线。

我认为他会在我走下天桥之后，来到检票口，检票员看见那是一张车票，就在它的身上剪下一个缺角。我因为过度专心勾勒她映现窗玻的侧影，没有注意他在月台出没，眼睛无法不产生错觉，将她的短发看成长发。我看见玻璃上有双畏葸的眼神，立刻回首（**爸爸！**）；却只是她干涩带血的眼眸，茫然凝望前方。就这样，事先没有任何迹象，火车开动以后，过许久，他才又在沿途某个小站，赫然降临车厢，睡梦之中，我被臭味扰醒，睁开眼睛，熏黄厚实的掌心躺着一张车票，上面写道："**6 车 49 号**"。而邻座女孩窥见裤裆里面露出草色的内裤，不禁面红耳赤，羞愧得不知如何是好，得到应有的惩罚……

17 时 05 分，41A 次莒光号火车驶抵和平，暂时停靠月台，等候交会列车。

拉开窗帘，隔着一层玻璃，我观察到铁轨下方有一片旷野，上面屹着些生锈的建筑和铁塔，远方有一道很浓、很密、延伸很长，但是在视网膜表面却显得很低、很浅、很窄的防风林。海洋虽然没有进入我的视觉，可是我知道它的外边的外边必然是存在一片美丽的沙岸；如同不久以前错过的岩石海岸，我坚信也将会有温柔深情的浪花。可是，这一片沙滩也不会在笔记本留下痕迹，因为我早于16时14分火车经过苏澳新站，再也无法按捺心中渴欲，与邻座女孩说起话来。

促使我俩交谈的原因，主要来自她正阅读搜寻其中的淡紫色封面的杂志，那是一本过期的文学月刊，里面正好有一篇以我个人过去几年生活为蓝本写作的短篇小说。我终于明了为什么当她表示"我是一个性格复杂、感觉敏锐，能够知道别人过去、现在，和未来的可怕的女人"，我的反应会如此防卫，而驳斥她："你为何总是阴魂不散搬移童年往事，尽贬损我的自尊？"违背了我的初衷。纯粹是我自己个人的误解。其实，她是一个心思敏捷、善于推论，真正受我崇敬的好女人。

分手的时候，她咬着我的耳朵，体贴地说："先生，不瞒您说，从小我就开始接触文学作品，造就一颗早熟的心灵。长大后，念外文系，偶尔也从事创作。掌握隐藏作者创作时候心理变化的蛛丝马迹，推论对方的人格雏形，对我而言并不是一件太困难的事，有些话说得太直接，请您不要在意……"

"邻座男子，额头挺突，穿白色棉布唐衫，神情倦怠，嘴唇微薄，缺乏自信，容貌秀美，频频注视窗外……15时05分，车经大里，海面浮现小岛，陌生男子，中年，饱经风霜，黑色短袄，裤裆开启，性器肿大，头发蓬乱，自言自语……沉默注视邻座入睡男子，手执票根，似要与其核对数字，却不敢唤醒他，目光有爱意，良久，在邻座男子苏醒之前仓促离去，空气中有不快气味——构想：邻座男子拨开黏滞眼皮，望见陌生男子，半梦醒间感觉似曾相识……cf. 将此二名男子的对话表现得诡异一点。"这一段文字是我事后征得女孩同意，从她那本文学月刊登载我的小说那部分的空白页处抄录下来的，字迹相当娟秀。

资料的取得则颇为离奇。

16时47分，火车进入隧道，不知为什么地她忽然伏下头，轻轻搓揉眼皮，好像在哭泣。

"小姐，怎么啦？你在哭吗？"我关心地问道。

"没有，是火车经过山洞，有人开门，一只白蚁飞进来，掉下一片翅膀，掉进我的视网膜。"

"哦，"我挨近她，看见一只棕色的白蚁裸体从脖子末梢沿着脊柱滑溜进背部，"要不要我替你瞧瞧？"

"谢谢你。一会儿它自己就会被眼泪融解流出来。"

"可能是刚才经过山洞，被车内日光灯吸引前来的白蚁吧？"说着，我顺手捡拾起她膝盖的杂志，赶紧翻至她探索其中的部分。

"呵！你——"她张开眼睛，看见我在偷看她的眉批，不禁呆住了。

我连忙把杂志还予她。"对不起，我不是故意的，只是迫不及待想要查证自己的记忆到底正不正确，请你原谅！"

"……"

"小姐，对不起。"

"……"

"小姐，可是我想请问你，那名陌生男子果真曾经在我睡着的时候来到本节车厢吗？今天中午我在台北火车站，也遇见一个与你札记中描述相似精神不太正常的男子，你不要生气，因为我也是一个小说作家，我很能够同情我们这种人搜集资料的困境……该名男子外表特殊，行为怪异，左右我的视线，我正打算替他写一篇小说——可是我不知道事情会这么巧合？"停顿片刻，我问她，"你写小说多久了？"

她沉默不语。苍白的脸庞凝结搓揉白蚁翅膀渗出的泪液。过了许久，忽然站起来，激动地无法停止地大声说："先生，抱歉，我不是故意掩饰自己的身份，你应该知道，当别人得知你是一个作家，而且是小说作者，会用多么奇异的眼光看待你呀！他们害怕你，躲避你，以为你写的故事都是真的！在我还不懂小说为何物前，生活是如此地单纯和实在，我从来没有意图拿生活去丰富虚构的事件，故事里的角色也还没有侵入到我的生活像现在这么疯狂，自从作家的标签附在我的身上，便无时无刻不在想尽办法从各方管道搜集写作素材，甚至不惜一切伤害他人，我觉得自己愈来愈不能适应正常人的生活方式——"

"我明白，我能够体会你此刻的心境，关于刚才不光明的行径，我非常惭愧……你愿意原谅我吗？"我抬起头，看见她的唇角有一抹无奈的笑容，正缓缓掠逝。她眨眨眼，将忧伤的面容很快地压下去。

当车停靠在和平车站的月台，我与她静默良久，一同注视窗外。映在玻璃上的这片真实防风林，并不能够比前时建筑在心灵那道看不见的防风林，在思绪中创造更多、更深的藩篱意义。

和平过后，和仁、崇德附近的海岸便要开始全无遮拦、优美抒情地浮现在我们的视网膜，像是一首接着一首相继不绝的田园诗章，眼珠不再感觉眩惑。

而我终于明了她之所以表示她能未卜一个人的过去、现在，和未来，实在是因为她具备超凡的推理能力，可以从细微末节准确地猜测整体；还有将真实与虚幻、故事主人翁与隐藏作者结合为一的独特天赋。

1988 年 1 月 29 日 9 时 30 分，我在花莲市中心一家小旅馆阴暗的房间醒来。由于不明因素的介入，使我没有搭上今天 0 时 30 分那班火车回台北；并且打算在镇上逗留个几天，再选个阳光依旧美好的天气，将沿途那些尚未搜集齐全的资料做成比较详尽的笔记。

傍晚的时候，我在海边的堤防散步，看见一个身材高瘦、穿深蓝条纹 T 恤的少年，独自坐在沙滩上，对着大海，好像在沉思，脑后的头发有道精美修饰的圆弧，细长的脖子十分地干净洁白。我很仰慕他忧郁的背影，想和他说说话。当我散步至堤防尽头，折回原路，想再见他一面，他已上岸，两手叉腰挡在小路中央。

"先生，你好吗？"他说。然后，他就变成女生了。

"先生，你忘了我是谁吗？"她说。

我立刻伸手撩她的颈背。她用指甲轻抠我长不出须的鼻唇，哧哧地笑。

第二天傍晚，我拨电话到她投宿的旅店。她骑着 50cc 小机车，说要载我到市郊一个小渔场。据她表示，那儿的海水特别湛蓝，沙土十分柔软，可以见到远方一个突出海面的山岬，浪花长年的冲击已经在断崖下形成一个生动的海湾，风景优美，挺适合激发创作灵感。我坐在后面，轻轻抓住她的瘦腰，几天不见，覆盖颈际的发根已经显得有些长了。

我们于 17 时 15 分到达小渔场，夕阳将海水染得正红，出海作业的渔船尚未归航，空旷的沙滩十分宁静。漫步在浪花拍打的堤岸，因为欠缺交谈形成的特殊静默，使我情不自禁将充满芳香的她搂拥在胸膛，可是当我感到两种快慢不一的心跳节律，在我们渐渐靠近的意识产生矛盾，好像有某种木麻黄的意象横隔在我们之间，使我的温度无法上升，老是觉得平静深远的海面，似乎存在着那么一具未曾谋面，与我拥有某些共同特性的孤寂影像，一直停留在那儿，等待好久了。

就在那一年 1 月 31 日，一艘渔船在花莲县新城乡外海作业的时候，发现一具裸体男尸。船上渔民立即向新城分局报案。新城分局请求海防部队支援，出动快艇，将该具尸体捞起。

是名男子，年近三十，遇难时间尚未超过五日，全身遍布创伤，死因不详。

觅食者的晚宴

台风到临的晚夜，我的觅食者走到大街上找寻食物。

几个钟头之前，觅食者站在本城上空远离地表租赁的房屋居高临下的窗台，迫近地仰望天边的红霞，太阳的光丝突破云层，晕煦地散射大地，山坡水汽蒸腾，峰顶山岚缭绕，纷纷的小雨在金黄色的氛围里飘摇，恍若天堂的视景。收音机的调幅频道正在插播台风最新动态消息，陡来的一阵强风，一把碎碎的雨珠渗漏纱网，滴落在他未完成的手稿，浸湿了一段进行中的情节。

"中度台风黛特今晚登陆，中午以后全省将进入暴风圈，强度、速度仍持续增加，沿岸地区宜严防海水倒灌……"收音机里声音沙哑的女性说。

他没有继续完成作品的意念，因为他已倦了，除了大量咖啡，一天一夜没有装进任何固体，可怜的胃部正在呻吟。他是一个作客本城，很会说故事的男子，在外地流浪很久了，孤独一个人，身边没有别的什么爱人，已经很久没有回去故乡，台风正向故乡的陆地逼近。

他是一个非常非常寂寞的旅者。

觅食者感到困倦。

于是，觅食者蹬下窗台，走向他的床垫。墙壁的裂缝渗水，床罩感觉湿冷，房间有霉味。他拉开大枕头的拉链，把两个大小形状相仿的棉絮包倾倒在床上。觅食者睡眠习惯需要两个枕头。小的枕头用来衬脑颅，大的枕头长度要能够双手怀拥、大腿挟抵，否则无法安睡。前些时日，拆卸枕套送洗，他发现大枕头的内部竟然是两个这样大小形状的棉絮包填充构成，内心非常难过，原先是个长形如同枕套外表一般大小的内容物的想法破灭了。所以，精确地说，连同小枕，觅食者一共拥有三个枕头。而现在，他不知所以然地分解大枕，总觉好像在肢解什么有机体一般，愣愣地望着棉絮包，忽然想起是要把它们填塞至牛仔裤狭窄的筒管。

在这样的风雨夜，心灵忽然变得如此龌龊，为了满足亟须找个人抱身体接触的快感，我的觅食者随意地玩了个组合布偶的小把戏。

觅食者感到性的欲望。

于是，觅食者下床，回到窗台高处。不久以前，遥遥俯瞰街景的时候，一位手执黑伞花裙遭飓风吹掀暴露鲜白大腿深处身材肥胖长得不太好看的女人，牵动他久未宣泄的欲念。窗台上有一盆白颜色的雏菊。他忽然有一股想要将腥浓精液喷洒在细巧精致花瓣的冲动。觅食者的性对象常常是体躯异常或是心理病态，比方说肥症、侏儒和精神分裂，又带着那么一些些性感的女同胞。

觅食者写作的习惯不是很好。找不到灵感，就手淫。高潮结束，身子虚疲不堪地倒在床上，就睡觉。醒来，再写作。肠枯思竭，再手淫。一篇作品的完成，往往耗尽大量精液，好像在燃烧生命。觅食者不太能够控制自己性方面的冲动。

觅食者还有洁癖。用穿破沾染黄渍的内裤，跪在地板上爬来爬去，务必把每块瓷砖抹得纤尘不染，唯恐思维不够干净。用小扫帚不厌其烦地搜集藏匿房间各个死角的碎屑，平均一天要扫一百根左右的脚毛、腋毛、阴毛和头毛。灵感降临的时候，讲话语气变得粗暴，喜欢骂人，情不自禁有顺手牵羊、和陌生人滥交等平日甚少产生的念头。

觅食者肚子的饿难以忍受了，他就搭乘电梯下降，回到地表，走出华厦，想找些什么特别点儿的东西来吃一吃。他感到丰富的食欲。

台风已经登陆本城。本城不是黛特侵袭的唯一目标。

"中度台风黛特正挟着狂风暴雨向本岛东南部陆地逼近，预计7日中午以后全省将笼罩在黛特的暴风范围内。中央气象局已在6日下午4时发布陆上台风警报。"收音机里音色低沉的女性说。

行人道上到处横列着树木折断的枝条，有的是手，有的是脚，树叶是发，台风过境后还会有更多、更粗巨的器官。像是风有无数坚韧细长手指，紧紧掐住树的身体，来回缠扭，拉拔，拦腰截断，偶然连根拔起。树们都感到无助。觅食者的身形瘦弱，在风中摇颤站不稳，辛苦地颠踬前进，不禁让我为他担忧。

大街上的商家得到台风警报，多已提早打烊，霓虹灯停止闪烁，空寂的道路显得太过黑暗（**未知的旅程**）。骑廊下没有什么人，疾风在大都市的上空悲哀呼号。

觅食者的雨伞过不了多少时候，便被强猛的风速吹翻了，伞骨都折断了，身上穿的衣服都湿掉了，他长得实在太瘦了，淋湿的衣服浸贴皮肤，骨头都看见了。他双手插入口袋，脖子瑟缩，绝望地四处顾盼。恰好马路对岸一幢大厦的二楼，点亮全部的灯光。他看见了，就决定穿越地下道，前往彼方。

地下道积水及膝，隐匿的垃圾、果皮、粪便（猫、狗、人的排泄），在这个节骨眼都一一现身了，在水面漂流，与他的小腿互相擦撞。以地下道为家夜夜在此睡眠身上发臭遭社会遗弃的中年男子，今晚也消失了。觅食者想到这个流浪汉此刻一定正躲藏在某个干燥安全的高地逃避风雨，内心不觉愤慨。他觉得他没有善守流浪汉的职责。

每当进入写作状态的时候，不知道为什么觅食者就会变得极端自私，固执地认为每个人的生活模式都应该尽量保持在他所认知的概念范围，按照他的概念过活，也不管别人在危难中是否也有逃避祸害、寻求自身幸福的权利。他认为流浪汉最好在风雨中失去生命。

他明白自己不是这种人，却不能自拔地强迫自己往最卑鄙的方面思想。

涉越污秽的水障，觅食者抵达彼岸。

地下道出口药房门前的自动贩卖机，一个穿斜纹灰布工作服、戴鸭舌帽的年轻工人，蹲踞着背对觅食者，正打开自动贩卖机侧面的盖子，面对复杂机械零件组合的内部情形，用一只油污的白布袋承接叮叮当当倾落的硬币。每一格饮料标签下方的按钮，红灯熄灭，又亮起，不失为一种讯号。硬币落罄，填充新的罐装饮料。觅食者认为年轻人在台风的晚夜，这样的行为表现非常良好。

觅食者走到大厦的骑廊，二楼的招牌被风刮落，他不知道这是一间什么营业性质的场合。右边的墙柱有一只红色小箭头，指引：**"请由右侧巷弄上楼进入"**。

楼梯的入口处，立着一块官方式样的布告牌，坚强的朱红檐瓦丝毫无所毁损，玻璃被小石子砸破了，狂风席卷海报、告示，剩留几位和尚、尼姑画片残余的身段，是关于几场道行高深师父指点迷津的弘法大会，正确时间与地点。楼梯拼贴红色塑胶砖片，不少处斑驳得严重，攒露粗糙的水泥粉面，显示常常有人走动。中间的平台有一面穿衣镜，常常拂拭的缘故，觅食者从镜子中清楚地望见二楼餐架上铝盆盛装的食物。劣质檀香燃烧的气息以空间某一面墙壁为基点，向四周扩散，觅食者闻了，脑门一阵晕眩，赶紧手支天庭，不能自已地表情痛苦地上楼。

他是一个爱好食物、享受咀嚼乐趣的觅食者，他有强健的胃和牢靠的牙床。他的意识清晰地了解自己正在朝往底是一家素食餐馆。

餐馆的女主人立在收账台后方，脊梁打得非常挺直，肩膀放松，自然垂降，下巴往后收梢，眼睛凝盯前方，朝十面均匀散射，深受仪姿训练班的教养。脸形浑圆，耳垂肥大，颧骨高起，福气洋洋的样子。左下唇伴了颗肿突发毛的黑痣，头发不久前刚料理，蒸发新鲜染剂辛鼻气味，尽心漂白的上衫，领子浆洗硬挺，一派清清爽爽。觅食者进门的时候，她手执饭匙，正在盛装糙米饭。煮熟的糙米颗粒，是棕色，间杂黄豆与红豆，绕着大锅盖，排列成圆形。

觅食者托持餐盘，围绕餐架走来走去，不知道要选择什么样的晚餐，他缺乏上素食馆用餐的经验，铝盆里的食物似乎没有一样能够像样地激发旺盛的食念。餐架的上层空无一物，下层冷清地缀了几道菜色，非台风来袭的用餐时刻，食物种类及烹调样式想必何等丰富！

花生油清炒的水蕹菜，绿叶甚少，多为粗大梗茎，空气中暴露过久，逐渐变黄。（水蕹菜又名瓮菜，旋花科甘薯属植物。种于水中为水瓮，叶大茎粗，种于旱地上，叶小茎细，为旱瓮。植株茎中空，故又名空心菜。性味功能：味甘、淡、性凉。清热解毒，利尿，止血。尿血，痔血，鲜空心菜一斤，捣汁，和蜂蜜适量服。）

依偎在水蕹菜身旁的是丝瓜煮面线。这几条丝瓜的维管束都很粗，看得出它们生存的寿命长久，种子都成熟了，很泡，很大，再多活一些时光，就可以长成丝瓜络。夏、秋季果实成熟，皮变黄，内部干枯采摘，除去外皮、果肉及种子，晒干，即为丝瓜络。主治用法：风湿关节痛，肌肉痛，胸胁痛，闭经，乳汁不通，乳腺炎，水肿。面线稀少，可是水加得太过分了，对于这种稀释菜肴的行为，觅食者感到遗憾，否则丝瓜煮面线会更加可口了。难得他对丝瓜萌生好感，这样的同情心使蒙蔽的心灵获得瞬刻丝的净化。

紫苏梅和海苔卷放在食物列队的最前。糖渍的梅粒饱胀体躯肩挨肩堆砌在洁白镶花瓷盘，泡烂锈黑的紫苏叶稍略缀饰（妊娠呕吐，胸闷，恶心，紫苏梗三钱，陈皮、砂仁各两钱，水煎服）。酸梅汁沥干，拿去做其他方面的用途，比如说酸梅汤。膨胀的梅子，约略估量比较原先体积增加双倍，在在显示是由古老方法泡制，不掺含人工色素，是一自然对人体健康有益的腌渍性食物。

海苔卷筒末端露出鹅黄芦笋尖头，干瘪了，没有什么光泽，堪称鲜纯的沙拉酱精致地在尖头们兜绕，表现素食馆夫妇的慧眼独具。芦笋是一栽培不易，不是时常能够享受的美食，尤其夏秋之际台风造次不断的特殊时期，更是难能可贵。所以菜蔬的不够新鲜，在道德上应有可被谅解的充分理由。

觅食者捞了几颗酸梅。视线随之被一种形状酷似澎湖丝瓜，体积若小黄瓜，和青椒、胡萝卜一块儿炒，过去从未见过的蔬菜吸引了。觅食者移动脚步，站在这种瓜的前面，细细地观察它。被刀锋斜斜切刃的每一片躯面，同丝瓜般，孕了小小的种子，汤汁看来亦颇滑腻（奇妙的瓜）。觅食者对它怀有莫名的感情，想把它吃一吃。不知不觉，站着就发呆了，好像已经投入地正在尝它了。有个人蓦然来到他的背后。他回头，与餐厅女主人福气粉白的大脸正面对峙。

浅红色的嘴唇打开，说："黄秋葵。"

"呃，黄秋葵?！"他迷惘地望着对方，仿佛呼唤一个生活在遥远古代的女性名字。

"是的。"她说，"黄秋葵是奇妙非凡的植物。它的果实种子分泌黏液，有助食糜形成，可以保护消化道。"

"哦。"觅食者舀了一大瓢黄秋葵。

棉布长裙行走摩擦发出碎声，窸窸窣窣仿若也在搓揉着他发烧的耳壳，心灵顿时浮上庄严和平的滋味。

顺着女主人离开的方向，他望见一个秀发垂肩、皮肤雪白、身材丰满、脸长得像瓜子的少女，蹲在厨房门口，没有什么表情地削香瓜，只是在执行动作。眼睛望下，不曾抬起头，她一点也不关心我，觅食者悲伤地思想我被抛弃了。

她的身旁置着一个竹片编制的大篓筐，里面的香瓜已经削去一半。削好的香瓜以八分之一为单位切片，大脸盆装得满满的像小山丘。她用刨刀将香瓜去皮，剖成一半，径用手指把香瓜子挖掉，再用水果刀把它切成八份。梗蒂会苦，切记切除。速度够快，但是感情欠缺。关于年纪，或许并非如他所臆测已达适合发展人际关系网络的少女年纪，极可能营养使然，才发育得如此健全、快速，令同年龄层的女孩们相形失色。

可怜的觅食者呀！她一点儿也不在乎你——她还只是个月经没有来过的小孩！

觅食者挖了一点南瓜。水分加得不够（许是台风过境水源中断，不能责怪夫妻烹饪知识不足），南瓜糊糊烂烂全挤在一块，虎斑的外皮忘记削掉，看起来定是属于某一类灵异的瓜。看在南瓜子的面上，他抉择它。因为南瓜子富含维他命B群，对于防止纵欲过度引发的摄护腺肿大阻塞尿道很有帮忙，尤其近几天手淫频仍，精神萎靡，即便看见煮得如此糟糕的南瓜菜，心情不禁为之振奋。虽然爱吃南瓜，并不见得意味某人遭遇性方面的困扰。

接着，餐馆的男主人现身了。端着一盘刚刚起锅雾气腾腾的黄豆芽葱炒萝卜丝，从厨房走出来。

男主人的体格精瘦黝黑，相貌斯文，动作文雅，身上散发的汗味，却掩不住得自于早年生活模塑狂野奔放的气息，有杀人无数隐遁江湖东山再起的教父气派。天生卷毛，油质头发，还没有走到他的面前，远远地就闻到生腥的发味，很久没有洗头。觅食者的肚子极饿，忙不迭地空中拦截就挟了一把，淌下的汤汁，滴在男主人多毛的手臂，可是他没有痛觉反应，目光镇定，毫不逃缩。肌肉发展极好，纹理清晰，没有多余的赘肉，紧缩的小腿肌腱，很是挣扎。感觉上是能够担任粗力的任务，不会引诱受虐狂倾向的人轻易产生性暴力幻想，但是无法肯定他是否确实具有性方面的才华。面对文明世界，嘴唇开启，满怀信心，笑得非常开心，是一种自持节制的弥勒的普及版。而众人所谓的佛陀，两腿盘交，双掌合一，端坐在二楼入口右侧墙上空，以铜质的化身，慈眉善目地看待俗世，微微张开的小口，似在呼叫：

"黄——秋——葵——"
"黄——豆——芽——"还有，
"香——瓜——"

他的脚趾前端，供着一盘走味的香黄栀。左右南无护法韦驮尊天菩萨，南无伽蓝圣众菩萨，随侍在侧。竹叶青。檀香的身体，静静地烧。

仿佛生活在这个天堂乐园凡是被我们称为幸福快乐的人们，似乎都理所当然有个响亮、顺耳、配合他们自身性格的蔬菜学名。可是，我的觅食者没有名字。

我不禁为他的遭遇，内心感到非常同情，很想站出来，为他陈述道义的宣言。

于是，我为他夹了海带豆腐凉拌丝（昆布有海水的味道），象征性地夹了几叶青岗菜——空心菜是一种本性微贱只要有水也许没有泥巴它也就随便乱长乱长的水性植物；空心菜是，青岗菜也未尝不是。青岗菜的汁液黏滑，咬起来有鱼的气味，虽然我不喜欢吃它，可是——我爱青岗菜！我爱青岗菜！

基于这样的理由，当我的觅食者对于菜色不满发出怨之声，认为台风只是借口，根本问题关乎烹饪技巧与内在诚意，而援引道德字眼评价餐厅男主人与女主人的性格主体，这样的行为应是可谅解的。至于觅食者的任性，不明事理，我们更要包容他！

啊——芋泥沙拉！是芋泥沙拉啦！我的觅食者最爱吃的食物，我可要替他和我自己的胃偏心多舀一些。觅食者爱的是芋泥和马铃薯，而我爱的是埋藏在沙拉中的苹果、黄瓜和葡萄干。胡萝卜无喜爱与不喜爱之分。

就在这瞬刻间，男主人、女主人和他们的大女儿，忽然消失了。佛陀闭口不言。我抬头顾盼，发现偌大的餐室只有一个穿雨衣、戴帽子的外国人，孤零零地坐在靠窗角落（不久以后，觅食者用餐完毕，遇见他在楼梯间脱帽，是个大秃头！），埋着头，很努力地在研磨食物。由于背朝我，我无法详述他是以何等的心情面对在大风雨夜特别为旅人准备的晚餐。

多么安静的餐室呀，我想，多么寂寞呀！日光灯全都打开了，为风雨夜流浪找不到食物的旅人提供一个既干净又明亮的地方——多么干净明亮的地方呀！把外界的风风雨雨彻彻底底予拒绝，一切灾祸永不能侵害到里内来——我想，这是一个何等奇异的地方呀！

当我双手端着沉重餐盘，凭窗伫立，凝视站立在滂沱雨丝中街灯细长的躯干，希望听取些雨水拍打窗玻狂风愤怒的呼号，可是听不见，心中感觉此室竟被隔绝得如是真空暗自思量不能自度于风雨之外而心无所动。觅食者发现此室另有他人。呃，你看。他说。

我看见收账台下方，一位穿着小洋装的女孩儿，布服上印着番茄图案，大番茄和小番茄，扎了两条马尾巴，各用两串人工改良清水养殖胡萝卜胎轻轻装饰。从审美的观点而言，她不够得上一颗成熟番茄的标准——羽叶，扁实，红色，可食。她不是浆果。她的脸是柠檬，身体是冬瓜，手臂是香蕉，腿是萝卜，眼睛是葡萄。她的动作较大姐姐更没有修饰，排行老二，坐在地板上，伸展两腿，将一堆根部纠缠带土的康乃馨一株一株小心地拔开、分拨；颜色有白、紫、红、粉红四种。分开后，用清水把须根洗干净，每一棵盛开的花朵以一球为限，超过规定数额的一定要剪掉，除了颜色差别，大体言之康乃馨的规格已经十分平均，如定做般。再将它们一株一株种于白色碗钵，白花要种在蓝色碗钵，以示区别，碗钵盛有特别筛检海滨美石。由于衣服上的番茄不论大小均已成熟，色泽红艳，把洋装装饰得如此抢眼，所以使她乍看之下蛮像番茄。可是

神坛佛陀轻声呼叫：

"胡——萝——卜——"我听见。

佛陀闭口不语。

她的蔬菜学名难道就叫作胡萝卜吗？（生活在这个天堂乐园凡是被我们称为幸福快乐的人们，似乎都理所当然有个响亮、顺耳、配合他们自身性格的蔬菜学名。）

"胡，萝，卜。"觅食者低吟道。

我担心女孩儿收听佛陀召唤，会趁我分神搜集素材追随父母、

姐姐的命运，去和他们相会，悄悄别去，离弃我的觅食者。

她看见我的觅食者专心地打量她，好像有吃番茄的浓厚兴趣，连忙起身，手掌拍打肾部，手上的湿泥却把衣服弄脏，她立刻原谅自我无心的过错，亲密地给予他微笑，好像因为台风侵袭造成空间冷清，就算是打开全部的日光灯也没有办法补偿，造就他心灵无法承担的寂寞，她要替家人弥补一切错误。转身，也向戴帽的外国人背影含笑致歉。觅食者不禁也微笑。

她迈动轻俏的步伐，马尾辫子上下振动，手臂节奏有致地前后甩荡，前臂浑圆洁白，显示营养的均衡和父母从小耐心地节制饮食，避免产生这个时代过多的过重儿。柔软的上胳臂，与不太常从事需要发挥臂力的球类运动有关。走到我伫立的窗前，撩起宽松的裙摆，擦去玻面的水雾，让我更深刻地感受外界的狂风急雨。

她蹲下来，扭开停放我双足旁的立体收音机，四只悬挂天花板的音箱声音沙沙沙。她略斜面庞，审慎地调选频道，可是找不到频率。天花板的音箱声音沙沙沙——是否电源线没有接上？她昂扬下巴，歉然地望着我，腮颊顿时染上两朵红晕云彩。纵身一跃，跳至窗台平面，两腿分开站立，散开的裙裾顶立在我的思绪之上，好像一把打开描印番茄图案充满体香的小雨伞。我的觅食者俯面，肩膀一耸一耸起伏不定似在抑制呼吸，不知道为什么对着独立盛开的康乃馨哭泣了。

"你的朋友为什么哭泣呢？哭得这么伤心。"女孩儿问。

"我的觅食者，有什么事值得你如此伤心落泪？"我不解地询问。

他没有回答我们，仿佛自时空中消失，完全静止了似的。

"电源线并未脱落，没有老鼠啃啮的痕迹，蟑螂的妻生了几颗黑色蛋卵。"她纵身一跳，又降落下来，展示十只焦黑烤熟的指甲，若无其事地说，"不幸又触电了。"（没有发出尖声喊叫）

放了一卷录音卡带，按下操作键，音箱仍然沙沙沙，无法传达我们想要收听的旋律。台风过境的晚夜，寻找一些音乐欣赏欣赏，似乎都是困难的。我的觅食者两食指堵塞耳道，拒绝收播来自他方星球的频率。

她耸耸肩，投我以歉然的笑，把插头拔掉。走回厨房门口，将大姐削好的香瓜，端到餐架上。我立刻取了几片，觅食者背对着我们，不曾回头，像是已经从叙述中消失了。佛陀闭口不言。她走回出场的位置，并不继续执行种植花卉工作，而是用圆锹狙击觅食者，把觅食者赶走。然后，站在母亲原先所处收账台的地方。收账台后方的木架陈列各式菜蔬罐头、香菇酥脯、素食食谱和小麦胚芽。"胡萝卜"年纪虽小，但是处理社会事务方面的能力，不会输给"香瓜"大姐。

我双手捧餐盘，轻薄的保丽龙承载过多食品摇摇欲颤，走到收账台前方立定。"胡萝卜"专心注意地尽其无所忧惧地保持心平气定将整个眼球的神思投照于我的面庞，好似一点儿也不在乎。我也无惧地反射回去，这是我固有的专长。其实这个女孩子此刻内心正在进行的任务，是扫瞄餐盘上打点的食物样式，及计算其总值。

片刻，她就从抽屉拿出一支七百号雄狮奇异笔，谜样式地在桌面写下一个十位数字，眼波如流地在我的脸廓移动，留下椭圆形的运动轨迹。从我眼瞳之中发射出去的亦然。空中交错。我缴出一张纸币，她就又写下另一个十位数字，头朝右侧方，手指三个竹藤编制小篮上下层叠盛放三种不同面额镍币，茂密的黄金葛枝叶细细沿绕，藤蔓上悬系一纸牌，雄狮奇异笔二百号书写道："零钱自找"。

我忽然觉得紧张，再难忍受反射对方眼瞳散射光芒心理承担巨大压力，终于俯首降服，惴惴不安地只是赶紧想要取回自己良心应得的那一部分（叮，叮，当，当）。我瞥见她的头颅上空有五大佛：

东方不动佛

南方宝生佛

中央民庐遮那佛

西方阿弥陀佛

北方不成空成就佛

我仓皇得总不敢举首，随随便便找了个靠窗的座位坐下。没有警觉悬挂在天花板四个角的音箱，还在那里沙沙沙沙，沙沙沙。

恰好背对那位戴帽子的西洋人，我不知道。我不知道我的头顶三尺有"般若波罗蜜多心经"，正巧面对入口上方张贴的"南无西方极乐世界庄严图"。神坛中央合掌盘膝铜制佛陀，冥冥之中似有语声：

"胡——萝——卜——"

"胡——萝——卜——"细语如丝，我听见了，我听见了呵可是为何毫没缘由我却不可回首。佛陀闭口不言。二女儿"萝卜"的消失，已是一则不可追悔足以用新闻报道体例写作的事实。

去年冬天，1989 年 12 月 24 日下弦月的子夜，室内气温57.2 ℉（14℃），男主人（豆芽菜）和女主人（黄秋葵）正在卧房做晚课，三姐妹（香瓜、胡萝卜、水蕹菜）早早就被赶上床睡觉，不一会儿便都呼噜呼噜睡着了。老三"水蕹菜"体质敏感，半夜受寒冻醒，咳嗽不断，吐血猝死，享年七岁。去世前一个星期，她在小学的作业本，注音符号夹杂国字写道：

"我的ㄇㄥˋ [1] 是一只小老ㄕㄨˇ [2] 被ㄔㄨㄥˊ [3]、ㄕㄜˊ [4]、ㄩˊ [5] 和人类ㄕㄣˋ [6] 入，因此老ㄕㄨˇㄅ｜ㄢˋ [7] 成人。"

"豆芽菜"和"黄秋葵"失去爱女，内心非常悲恸。

---

1 ㄇㄥˋ：注音符号，汉语拼音为 mèng。

2 ㄕㄨˇ：注音符号，汉语拼音为 shǔ。

3 ㄔㄨㄥˊ：注音符号，汉语拼音为 chóng。

4 ㄕㄜˊ：注音符号，汉语拼音为 shé。

5 ㄩˊ：注音符号，汉语拼音为 yú。

6 ㄕㄣˋ：注音符号，汉语拼音为 shèn。

7 ㄅ｜ㄢˋ：注音符号，汉语拼音为 biàn。

显而易见地，小女孩的梦相当怪异，主要的观念含有哲学意义。

高跟鞋底跟碰撞地面清脆的声音，留下来的回音，四只步速不一致的鞋子，冷静的楼梯间，大秃头，忽快忽慢的节奏，异常密切地紧紧追逐在一起，叩，叩，叩，叩，不一样的意志，不寻常地靠近在一起，为什么这样地贴近，茉莉花香水的气息，女子温柔交谈款款的细语，和平到来的感觉愈来愈接近，我不知道渐渐朝我而来的目标是什么。什么？一种不可测度的恐慌。

我闭上眼睛，旋转侧面，从自我面对的黑暗窗玻，如果允许眼瞳恒久不移地凝视一颗完整永不破碎的雨滴，我可以轻易地回顾某段时光之前受到意志轻忽没有形成视觉印象街头发生的光景，就好比我常常一个人自囚在暗中预兆未来那么容易！

两个长发垂肩、身材高瘦约莫二十五六的女子，手挽着手，撑着一把危险的洋伞，十分孤独又十分温暖的处境，从我方才伫立的行人道，急急忙忙穿越马路。

睁开眼睛，接着我便在玻璃上看见她们俩浑身湿淋，从楼梯口走进来，出现在正门。一边抛弃折断的伞骸，一边用小方巾为对方揩拭发上的水滴，鼻亲鼻，颊贴颊，小心翼翼地压制发自衷心喜悦的清脆笑声，瘦瘠的肩膀冷得一直发抖。手拉手，共端一只餐盘，在餐架四围漫步。谈到彼此会心的话题，忍不住哧哧地笑将起来。好像两个阔别多年重逢的女朋友，漫步在贮藏往事记忆的录音带格子里，重温旧梦，一面走，一面笑，尽是些愉快引人发笑的回忆——难道就没有一些悲伤使人不小心回想到就会控制不住眼泪的往事吗？

她们尽情地享受友情的甘露，内心感到无比的幸福和骄傲，可是我好羡慕又好嫉妒——在我们一起共同生活的地球，为什么有的人幸福，有的人寂寞，没有人敢怀疑上帝向他逼供？她们并不知道我所面对的黑暗窗玻，她们受到雨水浸透袖子伏贴只只细瘦动人胳臂被劲雨一次又一次地浇淋破碎又复合，没有人知道如果允许恒久不移凝视一颗完整永不破碎的雨滴，我可以轻易回顾某段生命时光受到意志轻忽来不及形成视觉印象的街头发生的光景，就好比每一个人自囚在黑暗中耽溺未来那么容易！

猛然回首，她们已装毕食物正要离开餐架。右边那位女子一手端着餐盘，一手伸进长裙的口袋掏钱，虽然柜台无人计价，从她熟练的找钱动作，这一大盘丰富蔬果的价值好像已经了然于心；天青色的连身衣裙，裙子长度恰好盖到膝盖，衣服上流动着一朵一朵飘泊的白云，使她整体感觉显得有些不定。左边那位的衣裙同前位是同一个样式，溪石色，画着一株一株受风吹拂弯曲的芒絮，显得有些虚空。后者撩起裙裾，蹲在地上，将餐厅二女儿照顾的康乃馨，按照颜色分类，整齐地排列在柜台下方。当这些仪式均告结束，两个人才又手拉扯手，蹭跳轻快的步伐，随便找个座位坐下用餐。

可怜的我呀无法不每一次抬头都要望见她们清丽的倩影强忍泪水而装作视若无睹！

她们俩面对面坐在我的左前方，细腻复杂的小动作特别繁多。有的时候一个低头嚼食，似有忧思，另一个立刻善解人意地伸手去握住她的手。有的时候彼此搁下匙筷，各自合掌挂颊，含情脉脉望着对方，谁的眼光也不先自逃开，恍若可以这样子一径望到何年何月何日。有的时候倾身，在空中含住对方的耳朵，似在诉说秘密。有的时候两张嘴巴靠近得似在接吻，像是故意在我面前示范一桩特别的爱情。有的时候一直甩头发，一点儿也不在乎黛特，还要轻蔑它。强烈的灯光照射，乌黑笔直的长发，柔和挺峻的脸廓，寒湿颤抖的体躯，在在激动我干涸的心灵。她们好似狡黠无拘的百合，我捉摸不住，向我炫耀，挑逗我，向我示威，重伤我！

我深深垂埋脸庞，专注在吃东西此一事项，噙着泪水，用颤抖的手指将生涩米粒、干燥缺乏咸味的植物送进口腔，内心却抑制不住冲动要频频回首窥望她们的形体，仿佛再多看一瞥，就能够感受两个暌违重逢的女朋友，心灵深处珍藏美好的友谊，却也因此加重了我至深的孤寂，好像这就已经是命运了。

幸福的女人沉浸在欢乐的感情中，未曾察觉背后有一个可怜的男子的目光流连，多么忧悒骇人的眼神呵，她们紧紧把握相聚的时光，把自己都遗忘了，唯恐台风一结束，想要再相聚是多么地困难，仿佛躲藏在她们独立人格背后，有一只强力无形的巨手，严密地控驭女性的意识活动，而她们无时无刻不在处心积虑逮个好机会脱离他，解放是短暂的，制约是命运——所以我看见两朵感情盛开、自由自在的百合，只是心灵的幻影？然而发生在早年至今仍然令你难以忘怀的生活中的甜蜜事件呢？生活中好甜蜜的事件……你还没有回想起一些些吗？我想，我一定是从苦涩缺乏快乐的童年就这样不知不觉地长大，长成一个没有回忆的男人，一个连自己认都认不出相遇直想把他杀掉的空白的自我。我内心真正的情愫是仇恨，我嫉妒女人，我要把女人杀掉，**我想我一定要把女人女人统统统统都杀掉！**

我情不自禁像个小孩子似的簌簌地就哭起来了，闷着脸大口大口扒饭，眼泪沿着碗缘滑落碗底，半生熟的糙米浸泡在泪液中，都胀起来，变得成熟而饱满。嘴巴被食物撑得鼓鼓的，来不及吞咽，哭声发不出。身体一颤一颤，全部的肌肉都在用力帮忙压抑哭。

她们持续地交谈，徜徉在友情天地。寂静中，空旷的餐室，似有心灵擦撞交错而过的稀微音爆，隐隐作响，窗外愤怒的天空光电火花，间歇闪逝。多么令人钦羡的一对朋侣呀，应该默默祝福她们友谊不渝，情常在，人恒在，我想。我不是什么了不起，值得别人为我伤悲的大人物，爱人早就弃我而去，在地球上我没有任何可爱的人做伴，除了拒绝，勇气尽失，我还有什么理由感到心理不平衡，终日有所亏欠？我是一个没有什么必要就千千万万不要随便给他安慰的年轻人。生命的痛楚亦好似没有减轻之必要，既然如此，且让它留下吧。

恍惚之中，我透视她们清癯淋湿的背部，渐渐地发展出一对洁白轻盈的翅膀，金色的光环头顶盘绕，黑油油的头发顿时洒满许多亮晶晶的小星星，她们突然同时在时光中静止不动，渐渐与俗世隔绝。一圈一圈的眩惑光晕投照在我的心脏地带，使我陷入人生的苦境。

旋转侧面，从我独自面对的黑暗窗玻布满破碎雨滴，某段时光之后未来街头发生的光景，清清楚楚浮现在预言里：

觅食者一手扪胸，一手抱住绞痛的胃，走出明亮的餐室，在通往马路对岸的地下道入口遇见来时遇见的自动贩卖机，机器充填完毕。台风刚刚登陆，本城电力供应设备尚未完全中断。"营业中"。他停下脚步，想买罐汽水解渴。素食馆今晚的菜色太少，味道太淡，水分加得不够充足，令他难以下咽。觅食者往口袋一掏，全是伪币。

从我独自面对的黑暗窗玻，我一直集中注意力想要凝望一滴完整永不破碎的雨珠，捕捉生命中一颗完美永不褪逝的流星，但它们总匆匆划掠，无声地经历，来不及停留，消失得如此迅速，我总来不及捕捉……

乡村精神科医生的画像

乡村精神科医生在地球生活的日子很短，离开人间的时候生命还十分年轻，那个时代距离我们并不遥远，但是历经岁月的了解，与日俱增的伟大性，在人类心中愈形深刻的印象，我们感觉他是个走了好几世纪的老公公，内心无比留恋；然而却已无人可以真正回忆并大声叫出他的名字。他却以智慧老者的幻象，常常进入我们依然生存的钢铁城市散步。

1980 年代夏天某年某月某日午后某时，一位面貌清俊穿黑衣的青年在本城外围河滨公园的河堤上面散步。此名男子身形高瘦，行动飘忽，步伐散漫，脸部的表情不是非常单纯，苍白、倦怠，有一点点生命将尽的风格。东张西望，趁着四下无人，赶将一张后来传说记载历史重要事项的纸片揉成长条，塞入事先预备的台农乳酪空瓶，慌慌张张扔进污浊河面。

这是一条流速缓慢，颜色黝黑，历史悠久，拥有美好名声，拱卫本城的最重要河川。玻瓶一加入浮沉的动尸、秽物、和垃圾的队伍，就一齐向大海的方面游泳。

1990年代秋天某月某日午后某时，本城最后一位目击者——R路过天桥穿戴深蓝墨镜、执抱月琴弹唱高山民族天葬挽歌乞讨金钱的布农老妇，看见他双手插入口袋，下巴抵住心胸，被一位头顶光圈盘绕、兜售赎罪券的教会人士追赶，无法摆脱，满面无助地从相向的楼梯跑上来，歉然地望着我，在我的裙间扔下千元大钞，和我交换一枚一元硬币；因为对方只要象征性的一块，坚决拒收多余数额污损赎罪券的圣洁，而他没有零钱。那真是历史性的时刻，老妇人回忆当时的镜头，那双雪白修长艺术家的手，我立刻要求它们在碗钵里的每颗镍币身上留下世纪末的启示录的松枝状的指纹。

多年以后，身为乡村精神科医生那个时代人们的后世子嗣，某日黑夜尚未到临，我蜷伏在本城近郊上空云朵常常经过父母留给我的公寓，思考有关考古人类学作业的林总问题，想起父亲未竟的志业，不禁深感压力沉疴。推开紧闭的小窗，我望见一轮轮火红红落日，太阳的形体从楼层下方往地平线疾速下坠，血色的光晕想要穿透水面，形影不能反射，分歧地跟随漂浮物在水上缠绕、扭曲、好像血；看起来好似一条血腥腥的小蛇。

刹那间，我听见墙上父亲的肖像（他是一个鼻孔朝天，胯下有硕大性器，母亲说他在我七岁那年突然从空气中就消失不见），用我在梦中回忆儿时情景常常听到的那种声音对我说："我的未来是 21 世纪考古人类学家的志业！我的未来是 21 世纪考古人类学家的志业！我的未来是 21 世纪考古人类学家的志业！"起身，面向他的遗容鞠躬。从他那又大又亮的黑瞳，我清清楚楚望见两朵火速降落的火球。然后，离开室内，搭乘电梯重返地表，走出摩天大楼，到外面的河堤散步。然后，一切都变得不同了，极为不同。

这是改变我生命前程的一次历史的散步。

伫立河堤中央，天地万物显得如此迥异。深呼吸，觉得体内有一种生命正在变化，从空气中消失的感觉。热风轻撩颈背，一些些咸涩水滴从天而降，凝缩蛇状斑纹油脂覆盖皮层，腐蚀一些些的表皮细胞。再深呼吸（多么重要的空气！），抬头仰望，坐落于五里雾底我的小窝，窗口有盏不灭的台灯，父亲的遗言穿过云端，射透耳膜，慈祥的容光返照在无边天空，恍若来自天国的声籁，低低地说："我的未来是 21 世纪考古人类学家的志业。"电梯从天上下来，从地下升上；从天上下来，从地下升上。向前迈步，附近电子工厂刚刚换班的女工，队伍整齐有序地交会而过，我转身回避，堤防斜坡下被风吹掠的芒草间隙，我瞥见一座上世纪的低矮小庙，祭坛上坐了面孔黧黑，披戴华丽刺绣，眼珠染得非常赤红的神祇，不禁使我产生神秘的忧凄。

女工路队的嘹亮口号渐渐稀淡。我感到血管中有一种不属于我的存在的东西瓦解了。东西里面的元素跑出来，溶在血浆中，血球被它吸附，都不能跑。我的思想与行为被这样的物质指使。

扬起右手，不能自已地朝着河堤一侧耸峙云霄的大楼高喊道："翠堤春晓，消失！"这种无意识的动作，使我的人格初次有被分裂的感受，觉得我好像不是我自己。一切都变得大不相同。

80年代黑衣男子的非正式造访，高楼已有明显往河堤逼靠的倾向。他出现在下班的时间，和拥挤的高中学生、女工、白鹭鸶擦肩而过，偶尔停住脚步，轻声诵读天上飘扬的大气球："**松云石庭　透明景观电梯**""**向台北房价说再见**"……瘦弱的工人站在高高的鹰架，焊接钢铁爆炸的闪电，刺伤他的双目，忽然间，他不能控制地（恍然受到什么物质指使）举手大声说："翠堤春晓，消失！"

过了许多年，这样的话语不知为何在我脑海闪现，好像冥冥中预示着多年之后诞生的我的感应。

而今我忧心忡忡，目的不明地于此日益坚固、崇高，钢铁城市外缘河滨公园的堤防散步，觉得我好像不是我——你是谁？我问，为什么在我的心里说话指使我？

接着，就看见铁桥下方有位头顶盘结圆髻，身穿印花布衫（图形样式采自印度尼西亚）的中年妇女，背朝我，柔软的脊梁曲成一道优美弧姿，右手握着一节两头圆钝的木棍，很有节奏感地，一上一下，快乐非凡地捣衣，口中哼哼吟唱一首久远的民歌（我依稀在何方听见），脑中浮现昆虫闭合尖尖口器唱歌的景象。立刻被指使朝前靠近她，心里的东西说这个妇女是与考古人类学作业有密切关系的关键人物。于是，我走向她。

必须附带说明的是，撰写"乡村精神科医生的画像"是件困难、饶富趣味的工作。它需要的不是花费太多脑力，而是勇敢，你只能凭借运气来写作（神告诉你，"我是上帝，来认识我。"你认识他，所以你相信他）。乡村精神科医生就好像是一个死去的人的尸体，和凡人一样，若不冷藏，他是随时都会腐败的肉质，他的母亲把这种死掉变得很臭的尸体烧掉，他就变成无数可在天空飞翔的细菌（撑着小小花伞，眼睛看不到的那种），在人群聚集的场合散播，渺小的一个个，我们都仅仅是他广大精神覆盖下的一颗小菌子，他在我们身体里面成长，总有一天将离我们远去，有一天还会再回来，好似我们是他的一个小小的碎片，我们都也是乡村精神科医生。有天你会在地球某个角落遇见一个陌生人，一个看似与写作"乡村精神科医生的画像"没关系的人物，如果他（她）没来由地主动提说他（她）过去与乡村精神科医生一同生活的经验，就好像真的发生在你身上，千万不要讶异，或是认为这是欺谎。你必须相信乡村精神科医生有复活的神力，这是神的旨意，他（她）是为助你而来，要对自己充满信心，无所畏惧地迎接乡村精神科医生的整个灵魂。

"小姐，河流这么湍急，镉离子、汞离子，和绿铜的名目这样繁多，陆生与水生动物尸体的分类又是这般没有系统，您怎堪忍受在此漂洗美衣？"（我觉得好像不是我在说）

女人旋转半身，两条小辫子斜斜交叉心胸，轻快地将我瞥掠。露齿微笑，憨厚的笑容显示她是朴拙端庄的村姑。

163

"小姐，能否打扰片刻，请问有关人类过去历史的事实？"

她抿口不语，木棍直接中天，勾引起彩色的衣裳，一件一件抛向高高天空（此批成衣重在洗涤，不在穿着），衣服掉落河面，一件一件受到污染，沉没，无法赶赴大海方面的队伍。然后，转身向我盘膝而坐，指引光滑如镜石面令我凝视。我倾身，看见洗衣石上有一张救世主的圣颜。她俯身亲吻，冷冷相望。我打了个哆嗦，瞬刻间，就听见她的身体里面有某种好似乡村精神科医生的召唤，在我的血管薄壁激荡，激诱我的灵魂。一眨眼，就发现自己已然回到二十多年以前刚刚进入东区活动，正是时髦成熟的上班女郎的样子。

那是个炎热的周末午后，下了班，我独自坐在东区一家门前恰有木棉伫立的咖啡屋，隔着暗色玻璃对着窗外人来人往发呆，我听见有人贴附耳畔轻泣，往脸庞揩掠，发现是自己在哭。"你为何这样寂寞不堪？"我问自己。招了一部计程车，司机在本城外围的河滨公园把我放下。响响地蹬着高跟鞋，装着很独立，一点也不在乎别人怎么看我的样子，走上河堤，装作在沉思；其实每个人的心里都在想这个女郎很忧郁，故意不看我。选了一张白色情人椅，静静倚靠，潺潺的小溪和我对话。渐渐地，形体融入青色山脉。可是我不知情，窄裙坐在的弯曲铁条，鹭鸶宝宝不久前才留下不良排遗，鹭鸶妈妈喂它吃了不好的虫。乡村精神科医生远远走来（当时我无法预测这位高瘦斯文穿黑衣的年轻男孩是不是我的心理医生），左手拎着优格空瓶，右手插在口袋，鼓鼓的，好似在搓揉东西，非常专心，没有发现我在窥望，径自向前。不久，我听见瓶子落水咚通的声。"啊！"不禁尖叫。他向后转，往回走，坐在我旁边。"小姐，你是不是发现什么？"他轻轻吐息，好像不是在对我说话。正要呼救、抵抗，他的手臂已经绕过颈背，手掌堵住我的声道。我看见是一只细长、指甲修剪整齐的艺术家的手，内心忍不住哀求："勒死我吧！让我立刻死在你的手里！"他却只施展三分力道，老鹰般的眼珠一直瞠视我，逼问我："你是不是发现什么？"我听见他的身体里发出声音："我的未来是21世纪考古人类学家的志业！"来不及回答，他迅速从口袋掏出一张长形纸片。我的额头瞬间充满磁力，吸住纸片。然后，仿佛受了魔咒，跟随他的背影走。

长条纸上写着："严重性忧郁症的次分类其第五数码和标准（当出现精神病特征和郁症时，医师应记载单一的最具临床重要性的特征）——3.伴有郁症 对所有或几乎所有活动失去乐趣，对日常感到有趣的刺激缺乏反应，且包括以下至少三项：（A）情绪明显地忧郁，亦即该忧郁情绪看起来与失去至爱的人之后所经历的感觉截然不同。（B）该忧郁心情通常在早晨特别严重。（C）清晨即醒（至少比平日醒来时间早2小时）。（D）显著的精神运动迟滞或激昂。（E）显著的厌食或体重减轻。（F）过度的不适当的罪恶感。"

乡村精神科医生的诊疗寓所，地点十分隐蔽。

最后一位从乡村精神科医生寓所接受心理治疗出来的中年男

士，多年以后回忆当时离开情景，他说："我记得那是个仲夏的夜晚，夜已经很深了，雾很浓，什么都看不清，冷凉的露水一阵一阵从天上打下来，我不知身置何方，只听见虫子咬啮草茎口器闭合的声音很大，知了反复不停诵唱挽歌，还有许多猛兽熟睡发出酣甜的呼噜，心脏扑通扑通个乱蹦，我知道我内部的存在十分恐惧。曾经一瞬，我发现这些声音并不来自环境，而是从内在很远地方传达过来，一直都没有察觉。我害怕得大叫，听见大象悒郁的哀号；又大叫，听见雄鸡悲伤啼鸣。医生知道我的心里骇怕，执起我的手，告诉我不要怕，引我进入城堡。他的手掌细柔，握起来十分舒服。在许多的镜子前面，他介绍我同许多陌生人物认识。他们称呼我'你'，我称呼他们'你'，他们谈论自己的时候用'我'，就像我用'我'谈论自己一样。使我分裂得非常难受。可是医生说他们都是真诚的我自己，我们应该握手做朋友。他的脸孔像婴孩那么纯洁，眼神那么真挚，总是热烈地倾听我身体里面的声音，任何人都没有理由怀疑他的人格——呵！我好后悔，对不起他……晤谈结束，他牵着我的手，陪我度过黑漆漆的山径。山径两旁悬崖很深，天上星星很亮，流星雨间歇闪逝，有种奇妙的预兆。医生一直护送我至山脚下一条有路灯陪伴通往城市的马路。"

"我寂寞不堪，内心非常压抑——"她痛苦呻吟，从内里挣脱跑出来。而我竟觉像是自己拱曲变形躲在她的躯壳背后眼瞄眼在说话，意志随其形体回去过往时空，亦终于渐渐感受生命中不能承受的忧郁。

"额际的符咒具有魔力，使我不能抵抗地追随他。他的身材很高，很瘦，相貌清纯，姿态迟缓，仿佛来自久老失传的智慧。经过一条枫树夹道山径，落叶很厚，行走声音很响、很脆，他嘱我切莫顾盼，因为悬崖很深、很险，死亡距离生命很近。我偷偷向后窥视，望见台北市在山脚下很小，空气很稀薄。"

"诡异非凡。"她说。可是我不假思索随他走进城。他背影看起来好像不是人类，像是影子，具有引导心灵前进的力量。

"我听见有人贴附耳畔轻泣，正待回头找寻，医生立刻就用细柔的手掌轻抚我的脸颊——你太忧郁了，所以心灵才会哭泣，你缺少爱，需要好好地被爱……本城的人口这么众多，没有人能够给你一点点儿安慰，他们的心灵都忘记哭泣——然后，我知道哭泣的人儿是我自己。医生也在哭泣。黑白分明宛若婴孩般天真无邪的眼眸，现在，清澄的湖泊映着红红斜阳。不知不觉他已陷入较我更加忧愁的困境。我情不自禁想要拥抱这个温柔的大孩子——亲爱的大夫，您以高超的感应大老远把我从河堤引领至崇高古堡，您说我将会在城堡的镜子世界认识许多未曾发现的自我，我不是只有一个我，我有很多个我，而且他们也都掌握不可忽视的影响力，您教导我谦逊，否则心灵会痛苦，可是我想请问您究竟也属不属于我内里的一个我呢？——他挣扎着坐起，揩拭眼泪，想要拥抱我，却不能拥抱。他的身体四周因为内在巨大孤独散发蓝色光辉。挥挥手，他平静地说：'让我们开始精神分析吧！'经过这些年的长期治疗，先生，您看我不是已经从一位外表独立、自信，内心却十分变态的现代女性，转变成为爽朗、健康，活得真切而实在的村姑了吗？"

想要点头说是。可是，我发现我在她的内里，她正焦急地到处找寻，找不到我。

"城堡的室内设计，风格抽象。"她说。

我犹豫着，把门扣上。

"你今天准备什么问题？"医生问。将额际的长条纸片撕去（我听见他的身体里面发出声音："让个案的主体和你的主体在交谈中真诚相见。"）。

"最近寂寞不堪，内心非常压抑，没来由地哭泣……"

"还记得自己的标签吗？"

"忧郁症。"我说。

推开第二道大门，面对大厅中央二楼的中庭，一位白发纷飞、面容憔悴，心灵十分衰弱的老妇，她的双臂环抱交叉放在胸前，抱得很紧，金鸡独立的姿势，一动也不动，倚靠金花雕饰栏杆，像是一尊没有欲望的铜像；目光保持十分警醒，嫉妒的讯号不断投射四面八方搜巡，注意着我和医生一面行走一面交谈。经过她的下方的时候，冷不防地啐下一口口水。我仰首高视，觉得她是一尊很好的静止不动的雕像。她的背后有个用黄土堆叠很高的丘垄，护士小姐浇水很勤，青草长得很快，芳草如茵，室内没有尘土飞扬。

"这个老妇人是医生的母亲，黄土是她的坟冢——"洗衣妇人同我解释道。

"坟冢？"

"很好，"他拍我的肩膊，赞许地说，"你没有忘记自己扮演的角色。"

经过一面红色墙，墙的尽头部分挖空宛若金字塔形成一间隐匿小室，青白色圆锥状光束似从很高很高的天上投照（依稀听见父亲召唤从天而降；这道光自空中楼阁窗口小灯投来），在黝黯空间形成一个塔状透明的形状，包含于密室构造，中央是张小桌，头发留得很长垂到肩膊、面貌秀气宛若女子的男子，跪于桌前，伏案写作。他的脸色苍白，姿势宛若祷者，指骨关节颤抖，好像已经写作很久了。

"这是一位有同性恋倾向作家的病室。"

她说："他的笔名叫作美智子。80年代，美智子和他第一次相遇在法兰琪。那时医生是个尚未娴熟精神分析的医科学生，没有分析个案的经验，接触一些些关爱的眼神，便满心相信这就是爱情，几乎忘却勃起的必要。可怜的乡村精神科医生，体温上升的速度，老是无法与内在激情的渴盼配合，他的情人一直不能明白一具外冷内热的体腔，他无法预测这位准医师是不是愿意和他一同做爱……多年后，这两个人在女权党的街头抗议重逢，他们早已互相忘记对方的存在，变成失忆人，表现得好像是第一次见面。医生瞥了一眼，确定这个人的身体里面有黄莺莺（**'来宾黄莺莺演唱，《梦不到你》。'法兰琪的 DJ 小吴说**）。于是，他变成一个宪兵，满身汗臭地出现在他面前，用粗暴的肢体语言挑逗他内心里

169

面的黄莺莺，指引其前往城堡。经过这些年持续、密集的精神分析，美智子总是在情感转移将要发生，无情地置转机于不顾；可怜的乡村精神科医生陷溺在初恋的创痕，不能自拔。他却还千方百计伤害他，使他哭泣。他趁着护士小姐执行勤务繁忙之际，潜进医生的书房，阅读精神医学书籍，研究其他病友的病历档案，到处探听医生的身世，因为他是个狗改不了吃屎的作家，必得如是方能满足内在探索他人隐私魔鬼般的欲望。医生不得不将他拘禁在黑暗密室。每天早上 10 时至下午 6 时，来自天堂的阳光经过城堡上空，会将金字塔状的光柱投射暗室，这段期间美智子可以拿来写作和阅读。黑暗的时候，不是睡眠，就是手淫。关于是名男子，你应特别小心为是。"

"嗯。"

"锂盐有没有按时服用？"医生问。

"有。"

"不要常常到人群中走动，知道吗？"他蓦地板起脸孔，训示地说。

上楼，我们肩并肩从乡村精神科医生母亲充满妒恨的眼睛前方，视若无睹地经过。老妇的双唇发抖，牙齿打战，肌肉想动，可是意志不能移动，我听见她的身体里面发出波讯："我～～是～～小～～鸟～～"可是她不能飞翔。两个白衣天使提着浇花水壶，分站在丘垄两侧洒水；其中一个肩膀特别宽阔，大腿很粗，衣服狭紧，执壶的动作十分别扭。坟冢的顶点开了一朵白色小花，好像一片六角形的雪晶。墓碑上刻着："Schizophrenia Catatonic Type（僵直型精神分裂）"。旁边的小字注明："在僵直性静呆或兴奋期间，该人需要谨慎监督以免伤害自己或他人，也可能因为营养不良、疲劳、发烧或自我导致的伤害而需要医疗。"供桌上的祭品：粽子，白米，鸡肉，和终端机；电脑荧幕随时显示最新股市行情。医生停下脚步，凝重地回头朝望他的母亲。

"你可知晓医生为何沉默？因为他猛然想起幼年时期，母亲在史金纳箱（Skinner Box）初次使用鹅妈妈便桶训练他控制大小便的情景；他一面哭叫，一面抗拒着要从鹅妈妈的背部站起来，光着屁股和母亲在箱中追逐抢夺纸尿片。此际，这位母亲因为过度专注内在视景，意志不能控制括约肌收缩，理性无法思考医生使用童年时期用过的鹅妈妈训练她控制大小便所代表的伊底帕斯情结外的意义。"她着多年前入院穿的第一套白底碎花病袍，从病房走出来，低头，望着自己的脚丫，默默跟在我们后面。

再来是间容纳蒙古症¹小孩的病室。医生入内巡视，把她和我留在门外。隔着门上的小窗，我望见他和一群蒙古症病童捧着汽水杯子，排排坐在长条椅凳，安静地咬合麦管。

她说："他曾经说：'当我看见蒙古症小孩，宛然看见上帝。'而他不知道自己的长相简直就和蒙古症小孩一模样，红通通的脸

---

1 即唐氏综合症。

171

蛋，好像熟苹果。天真的思想，害羞的行为，仿佛永远不会衰老，令人又痛惜，又疼爱。他曾经祈祷要生一打这样的小孩。

"了解他的朋友得悉此事，都不愿发表感想。从小，他的父母把这样的宝贝放在心理学家精心设计的史金纳箱抚养，并且苦心为他安排未来交配的对象，他们认为这个家族的血统到了他的后世子代，应该就会更加纯粹。可是他并没有如他们所愿继承家族企业；而去行医，变成一位乡村精神科医生。他的血液还不够纯化。上一代有个叔叔喜欢画画，很年轻就自杀死了，极可能得自这位艺术家叔父的遗传。"

"小姐，谢谢你告诉我这么多有关乡村精神科医生的见闻，使我的散步意义充实，苦无着落的考古人类学作业也因为你的热忱相助，总算有个大方向。缘着捣衣石上救世主的仁慈圣颜，我与乡村精神科医生在你的内里相遇，我将祈求他为你祝福。"

刚刚说完这句话，我就看见我的背影亲密地随同乡村精神科医生左转，走进那间备有柔软椅垫、可以自由躺卧的晤谈室；对于心灵，那个房间是个温暖的魅惑。可是，我追不上他们。而她已收拾起洗衣竹笼，捣衣棍系于腰带，哼着久远的民歌，踏上归途。

结束黄昏的散步，回去天上的公寓，吃了一些简易的食品，坐在桌前，启开终端机，正想输入有关洗衣妇的际遇，电话铃响。"喂，找哪一位？"

"……△□×……φ#χ……"

是一通对方坚持不肯吐露名姓的神秘电话。自从母亲过世后，已经好久再没有接到这样的电话。

电话里面的人物指示我应即刻沐浴净身，穿上最鲜艳的服装，前往本城一个叫作柴可夫斯基的地方。他说我会在最自然的状态下被带领前往。他说话的声音邈远，飘忽不定，断断续续，时有杂讯干扰，用外星人对乡村精神科医生说话的语态对我说话，好像我就是乡村精神科医生——

"好像我就是乡村精神科医生"，当我写下这样的句子，不知为什么心里觉得有点儿怪，好像我和他的相遇是更早以前的事实，铁桥下的洗衣妇只是一个启发，否则我怎能如此轻易地就进入他的经验领域，并且感受同他对话的另一方的主体世界？

电梯从地下升上，电梯从天上下来。

凌晨时分，我在半梦半醒意识纷乱的状态下，自己走到林森北路一栋大楼的地下室。

推开厚重的暗色门，意识忽然苏醒——"这是什么地方？"我问。

"柴可夫斯基。"身体里面的声音回答。

"柴可夫斯基是什么地方？"

"所谓柴可夫斯基是本城同性恋人口集会的场所。"

我想要逃跑。

正待转身，蓦然想起今晚是家族每个月的固定聚会日，这么重要的约会怎么可以忘记呢？——"家族每个月的固定聚会日"。

想想，又不禁怀疑，无法确定自己的角色，想要离开。可是，正对入口迎面墙壁悬挂音乐家肖像下方围坐原木小桌一群叽叽呱呱的客人，已经发现我，向我挥手。

我失去抵抗力地被他们的热情吸引前进。穿过许多像鸟一样跳舞的男孩。先父霸道的鼻孔，威严的眼睛，隐隐乍现于柴可夫斯基神经衰弱的脸庞，压迫温柔的性灵。这一次，他的内里没有发出临终遗言。肖像下方的文字写道："柴可夫斯基，1840 年出生莫斯科，1893 年罹患霍乱病逝于圣彼得堡。著名作品有——《悲怆交响曲》，舞剧《睡美人》《胡桃钳》《天鹅湖》。"

一个孔武有力、穿背心的男子，手肘撑桌从里面的座位翻跳出来，一把抓住我的肩膀，野蛮地亲吻我的嘴唇。我想要挣脱。身体里面的声音说："叫爸爸。"——"爸爸！"我说。

"嗨！女儿，好久不见。你看起来为什么这么不开心，是不是情人又给跑掉了？"他亲切地问候。

"女儿最近忙着准备考试，您看我衣服愈穿愈邋遢，脸也没有好好保养，怎么有心思到外面交男朋友呢？"（谁在说话？我焦急地到处找寻。）

刚刚说完这句话，便发现自己说话的嗓音曾几何时变得这么尖细，站姿这么不文雅，两脚打得太分开，头发这样蓬松，没有用发胶固定就匆匆出门。忽然有一种失礼的感受。手指不断向上撩拨垂发。

一位身材高挑、嘴唇奇厚，长鹭鸶腿的男士上前，递给我们一人一杯绿蚱蜢。"女儿，欢迎你归队！"他说。

身体里面的声音说："叫妈妈。"——"妈妈！"我说，"女儿敬您！"干杯。

绿蚱蜢下肚，眼睛为之一亮，我突然发现桌边这些陌生脸孔一个个变得熟悉无比，瞬刻间从封死的记忆皱痕——复活了："姐姐""妹妹"，还有"弟弟"们，今晚都到齐了——这到底是怎么一回事呢？

吧台的 DJ 说："来宾黄莺莺演唱，《来自心海的消息》。"

左侧的电视墙出现一位戴黑帽，穿红衬衫、苏格兰裙，嗓音酷似老牌歌星黄莺莺的年轻男孩。帽缘压得很低，观众不容易看清他的脸蛋。转身向后，甩动披肩的长发。

"姐姐，你猜黄莺莺是男生还是女生？"三妹问。

我茫然牵动嘴角，面临这样的蜕变，意识有一点想要回去昨日黄昏蜷曲公寓思索考古人类学作业的混沌状态；但是，我已经在书写中了。细菌渐渐朝意识靠拢——

"黄莺莺！"有人附在耳畔大叫一声。我吓一大跳，心惊地四处找寻。

20 世纪末期，黑衣男子与高瘦斯文男士手拉手，上台，鞠躬。法兰琪的 DJ 小吴说："来宾黄莺莺和 Seven-Eleven 演唱，《只要你过得比我好》。"音乐淡出，他就变成黄莺莺了——这样的黄莺莺幻化形成气体，这个时代就有好多这样的黄莺莺。

紧接着，我便从柴可夫斯基电光闪闪的旋转舞池，找到写作

"乡村精神科医生的画像"的菌种——是一位小腹凸起、头颅微秃的中年男士。昨日黄昏，我曾经透过一位洗衣妇的奇妙眸子，在乡村精神科医生的城堡一间造型特殊的病室，看见年轻时的他埋首写作的表情，内心很是怜悯。所以我记得他。他搂着一个像鸟一样的少年初生的翅膀，在舞池边缘漫舞。

"……关于是名男子，你应小心为是。"铁桥下的中年妇女说。

（美智子、美智子、美智子……）

"先生，能否打扰片刻，请问有关人类过去历史的事实？"穿越重重鸟人障，到达他的后方，我问道。

"黄莺莺是个令男人着迷、女人妒忌不已的家伙——大姐姐，您说是吗？"他回转身，三角形的头颅抛射妖媚的目光，寻衅地说。看见是我，脸色迅即转青，张开嘴巴，要用牙齿咬我。我举臂抵挡，穿越重重鸟人，逃到舞池外边观望。他拎提少年的翅翮，踩着直线的步伐，朝我而来。我望着他化妆的脸孔，优雅的摆姿，觉得好像是在注视一个内在分裂的自我，他不是人类——美智子和凡人一样，也是一种会腐败的肉质，死掉后，他的母亲将这种死掉变得很臭的尸体燃成灰烬，空气中便有很多细菌，世界上就会有许多许多美智子——美智子的身体里面有黄莺莺。乡村精神科医生的里面也有黄莺莺。一晃眼，就发现自己已然置身80年代冬季一个周末夜晚，正和几个眉清目秀的少年手拉手，唱着歌，漫步在台北街头，走进林森北路一家叫作法兰琪的同性恋酒吧。

酒吧的领班妈妈陪着一位头颅生得三角、容貌不失俊美的男士，步履优雅地来至我们桌前。

"这位哥哥相当仰慕你的歌喉，想请你喝杯酒。"领班妈妈说。

"能否与我共舞？"他说。

我轻轻颔首。

"我是一个作家，"他说，"我的笔名叫作美智子，我有很多奇异的生活冒险——你呢？"

"我是医科的学生，我认识许多病菌的名称，解剖很多尸体，常常触摸人类的血肉。"我抱紧他，颤抖地说。

"我恨死那位医科学生！多年之后，我们在一次街头运动中重逢，他竟然当着女权运动领袖的面前撕破脸，指着我斥骂：黄莺莺，有种站出来！而你不知晓，我写作小说多年，就是为了要向世人证明其实我是一个彻头彻尾的男性沙文！他把我毁了！因为他是精神病权威，所以群众相信他。"柴可夫斯基穿扮冶艳的中年男子说。

我冷静地凝视他。岁月在这曾经年轻健好的躯体留下衰老痕迹；解不开的情结，心理治疗的疗效投射在一举手、一投足，每一细微动作都包含了对于乡村精神科医生的无比敌视。他是他的初恋。可是有一方不以为然。面对这位从我父亲那个时代经历过来的长者，不禁产生怜悯的情思。渐渐地，我又觉到体内有股不可阻遏的欲望，直要走进他的身体里面，活生生地站在他的灵魂后方，眼瞄眼的在经历往事。

走进城堡，推开大门，额际贴附的纸片立刻解除魔咒自动脱落。医生蹲身将它捡起。"这是你的标签。"他说。声音冷静、客观，极富科学的精神。

上面写的是："自我失调性同性恋。诊断标准：（A）患者抱怨异性恋激发一直缺乏或微弱，并且显著妨碍其开始或维持他想要的异性恋关系。（B）有持久的同性恋激发形态，患者明确表示不想要这种形态，且为一持续的痛苦来源。PS. 发展出重郁症的同性恋者可能由于他们的性导向而表示自我憎恶。如果自我失调的性质只是忧郁的暂时症状，则不能做自我失调性同性恋的诊断。"

乡村精神科医生穿着笔挺白外套，口袋别系注明科别职称名牌；红色尼龙绳索——一端系在他的皮带，另一端缠绕我的腰际。保持适当距离，一前一后，我们步伐整齐地行过他的母亲僵直的雕像。这位母亲罩着一件宽松布袍，把抽筋的肌肉隐藏在衣服里内。布袍表面印有白色线条清楚描画标示腹侧被盖到基底前脑、边缘皮质和新皮质层附近导致精神分裂病症产生的中脑边缘和中间皮质层多巴胺神经元分泌之神经传导素传递路径放大图解。

"每个灵魂的深处，都有许多未曾发现的自我。"他关上晤谈室的防音门，数着墙上的镜子。"心理医生能够帮助你认识许多不同的你，可是无法指导你选择如何变成想要成为的你自己。对于生命，美智子，你要随时保持信心。"

我仰卧柔软躺椅，眼瞪圆形天窗浮现紫色水晶镶嵌奇幻曼陀罗。乡村精神科医生忽然穿黑衣戴墨镜，站在后方（我从前面的镜子看到他），和我谈说五岁前的记忆。我觉得他像是灵魂，而不像是人类。

他指了一个满面皱纹，笑容十分淫猥，有坏心肠的老巫婆。"镜子里面这个老女人是你的阴性，她常常化身在人潮汹涌的都会，猎捕少男少女的心肝提炼春药——仔细看！这就是你，美智子，你在微笑，你正对你自己说：喜欢我！"

"……"

医生伸出巨大细柔的手掌，紧紧握住我。"不要害怕，美智子，对你自己说：喜欢我！"

"不！"我大叫，用力推开他的身体。

"不要激动，平静地想一想，你心里是不是有什么话想要对阴性说？现在可以对她说。"他向后退，跌倒坐在地上，温和地说。

"不！我不要！我不要！"我尖叫。从躺椅跳起来，走到一个肌块累累、长相凶残的巨人面前。

"巨人，我觉得你才是住在我身体里面的那个我——我梦寐以求、无法企求的偶像……你很残忍，你的力气很大，可以用手轻易地就将人勒死——可是，你知道吗？我多么羡慕你！崇拜你！想要成为你！喜欢看见你摧毁事物的样子！"

"既然你这么喜欢我，为什么不敢表现我？不让我到你的身体外面成为你？还要千方百计压抑我？"巨人说。

"我也不知道……从小，每个人都说我是秀气的男子，我害怕他们知道其实我想成为像你这样的男人，可是——"

179

"你害怕他们不再以为你是秀男？"医生问。

"我讨厌自己是秀男！"

"你到底害怕什么呢？"

"我也不知道……也许是害怕伤他们的心，他们这样爱护我，一定不能接受我不是秀男的事实！"

"你却可以把自己的心灵伤害？"（"美智子，你需要学习从其他人的心灵获得安慰。"医生说。）

"我也不知道……"

我勤练举重。医生耐心等候，没有表示意见，他尊重病人的一切选择。

直到有一天，我在镜子面前照见一个虎背熊腰的男子汉，他长着粗暴的脸孔和刚烈的个性。我蹲下来增加哑铃的负担，他也蹲下来调节哑铃的重量，望着铜墙铁壁的身材，不禁露出胜利的微笑。他的身体里面发出声音："美智子，你太虚弱了，一定要好好锻炼，不能半途而废！"忽然，我看见镜子里面有一个小女孩在哭泣。

"小妹妹，你为什么在哭泣呢？"我问。

她捧着裙子，揉着红红的眼睛回答："你的肌肉使我感觉压迫好重，很早我就想告诉你我喜欢你，可是你突然变得这么强壮，不知道为什么我的心里感到害怕，认不出是你，想要逃避你！"说完话，她就消失了。

转身，看见巨人怎么也在流泪。"巨人先生，你为什么哭泣？

你不是告诉我要勇敢地表现你，让你从我的身体里面出来变成你，现在，我的体格不是已经愈来愈接近你了吗？你为什么哭泣呢？"

巨人说："你一直以为我是个不会受伤的大力士，其实我有一颗温柔、善良，需要很多很多母爱的心肠。很早，当你还是个纯真的少年，我就计划不顾一切施展暴力让你立刻变成我的样子，可是我不忍心，因为你太善良了，是个比我更容易受伤的孩子！我爱你！"说完后，他就消失了。

医生站在我看得见的那面镜子前方，双手抱头，肩膀一耸一耸地也忍不住在哭泣。医生的母亲在哭泣；所有的护士小姐停下工作，围在四周，也都一同在哭泣。

"怎么啦？"我大声问。

没有人回答我。

"怎么啦？孩子。"巫婆说。

"我恨你！"我说，"我恨你！"

"不要伤心，美智子，"巫婆说，"他们都不喜欢你，投到我的怀抱来，让我给你安慰与拥抱，我最喜欢像你这样粗壮的男孩不过了。"

…………

我无助地走向巫婆，好像婴儿投靠人间最后一位剩下的母亲。医生抬头，平静地凝视我的背叛，眼神保持得那么中立，没有惋惜，没有怨怒。如同往昔，如果我做对，他从眼神给我赞许；如果做错，他尊重我所做的一切选择，永远不下评价。我知他虽耿耿于怀错误的初恋，但本着职业道德，他不能报复我、囚禁我。我却因此蒙昧一生。（"医生，我对不起你！"中年男子在我内里痛苦地忏悔。）

"从此，我认清我的存在只是皱纹满面、浑身发臭，活了好几世纪永远不会死掉的丑老太婆。而且是个以写作小说为毕生职志的女巫婆。你知道吗？从事考古人类工作的小孩。"他说。

"当深夜来临，城堡进入睡眠状态，流星雨静寂地一阵一阵划过天边，大地所有昆虫打开尖尖的口器，摩擦植物的根茎，各式各样野兽成群结伴在城堡四周搜寻，倾听晤谈室高高小窗流泻的婴儿酣息，宇宙所有灵魂都跑出来到处游荡，正是文思泉涌的时刻，我戴上女匪干样式的清汤挂面假发，换穿护士的雪白制服、高跟鞋，嘴巴含着蜂蜜，让嗓子变得甜美细腻，变化优雅的步姿，装得像个负责尽职、细心体贴的白衣天使，穿梭于城堡各病房。"

我看见美智子打扮得像个白衣天使，提着浇花水壶，伫立坟冢上方，漫不经心地执行大夜班勤务，和老夫人面对面，窃窃交谈乡村精神科医生不为外人道的童年往事。

"这孩子的童年是在人格心理学家特别设计的制约盒子度过。"老夫人的内里发出平直波讯。

我走进她的身体里面，试图修复多巴胺神经脉冲传导系统。听到来自外界的干扰——

"我的丈夫是本城最重要的企业家他建筑无数崇高不朽摩天大

楼我的未来是21世纪考古人类学家的志业孩子七岁那年他在市政府的一次都市计划简报中莫名其妙地就消失了我的未来是21世纪考古人类学家的志业～～""我～～是～～小～～鸟～～"超高音波讯：

"报告董事长夫人，董事长消失了！"回来通报的女秘书。

"什么消失了？"

"报告夫人，董事长坐在住都局的会议厅听取简报，中途从空气中忽然就消失不见了，什么都没有留下。冷气机的排气孔放出声浪：我的未来是21世纪考古人类学家的志业，我的未来是21世纪考古人类学家的志业，我的未来是21世纪考古人类学家的志业……"

"哇、哇、哇、哇……"

"夫人，您莫哭，千万要节哀顺变！"

"这个家族的希望全部寄托在他身上。"他说，"老夫人有种预感，消失将是20世纪末人类一个十分恐怖的危机。她从小告诉他：孩子，爸爸消失在很高很高的空气中，你一定要盖一栋很高很高的楼房，我们才能够搭电梯去把他找回来。进入学校后，她有一个由台湾著名心理学家组成的顾问团，每年寒暑假专门为这位孤儿筹划生活营的课程，邀请当代各大企业家的子女参加，希望他和这些小朋友能够在生活营中培养患难相助的友谊，找到未来交配的对象，从此恋爱、结婚、生小孩，使这个家族的血统能够愈来愈纯化。"

电脑荧幕显示:"晚安,母亲!"

我看见美智子笨手笨脚地替这位母亲添盖被子,之后,又悄悄潜进医生的书房。

他说:"根据病历表的记载,乡村精神科医生的祖父是悲情城市的角头老大,脸形方正,长角,不会说国语,通晓日语和台湾话,体格微胖,性器膨大。医生的企业家父亲是这位祖父与一位绸布庄老板的二千金所生,脸形变得稍微椭圆,棱角没有那么多,眉粗,嘴大,鼻孔遗传乃父,略为朝天,虽然长相不是十分完美,但是处事机灵,生殖器不小。这位父亲仗着黑社会的势力,和本城首富的大女儿结婚,生下乡村精神科医生。至此,乡村精神科医生的容貌已经超越前面两代长辈,大体言之算是相当不错:细眉,大眼,挺鼻,小嘴,手和脚都长得很长,皮肤白皙,不长粉刺。他们认为他的后代还会更加漂亮。可是他们不知道他的阴茎很短小,根本没有遗传爷爷与父亲的男儿本色。他痛恨寡母从小在史金纳箱把他抚养长大,不满她很小就为他物色未来交配的对象,他发誓总有一天定要让他的家族没有后代。恰巧来自他父母的遗传帮助他完成这个愿望——隐睾症,包皮且长。"

"从此,我们的治疗关系交恶。他很少直接过来探问病情,对于我的写作事业,也持取放任态度,偶尔深夜在城堡的回廊相遇,虽知我的预谋,可是他不揭发,假装没有看见地走过去。有时候,用那绝望的眼神静静望着我,转身轻轻哭泣……"

"先生,今日黄昏,我在本城外围河滨公园的堤防散步,遇见

184

一个奇妙的洗衣妇，我曾经在她的身体里面看见年轻时的你，你在一面红墙挖空的暗室光束里面写作——"

"是的，他最后不得不将我拘囚……"

"难道这也是一种罪吗？"

美智子笑一笑，耸耸肩（我好像听见他的内里发出声音："乡村精神科医生，对不起。"）。但是，他已经挽着情人的手臂，头也不回地走出柴可夫斯基。

西元 2020 年，我驻扎东部一个荒僻的乡村考察古代文物，在一面颓圮的石墙上发现一帧 20 世纪末期上演的电影海报，男主角和女主角坐在日式榻榻米，伤心地抱在一起哭泣；那是 1930 年代的故事。斑驳的画面，不禁令我想起延迟已久尚不能脱稿的考古人类学作业。回去我生长的都市，重新想起以前写作"乡村精神科医生的画像"的精神，超感应能力至今丝毫不减，我继续在人群中搜集乡村精神科医生的细菌。我发现我的体内也有很多细菌。有一天，我在图书馆找资料，80 年代夏季某日某报的分类栏，有一则祝贺年轻医生诊所开幕的启示："**华佗再世，救人无数……**"读了不禁失声痛哭，把报纸吃进胃部。心想大概这就是了。

多年之后的又有一天，我厌倦都市的生活，再也无法忍受在钢铁中过日子，从火车站搭乘前往郊外的公共巴士。在车上遇见一个身材魁梧、清汤挂面、皮肤保养得十分良好的中年女士。她一直望我，我也一直望她，觉得很面熟，可是记不得在什么地方见过。直觉告诉我她是一个在我生命占有很多重量的超级人物。

彼此相望许久，我走近前想要同她说话。她闭起眼睛，拒绝让我进入她的身体里面。恍惚中，我听见指导教授在心理治疗的课堂讲述治疗者与病人在情感转移过程中纠缠，另一个声音已经从更遥远的童年记忆赶过来——我的母亲说："你的父亲消失了，消失在很高很远的大气中，你一定要盖一栋世界最高最高的摩天大厦，我们才能搭乘电梯去把他找回来……"

她说："消失是 20 世纪人口一个很重要的危机，你一定要好好保重！"

郊游

是妻子的发尖将他从梦中扰醒。困难地拨开眼皮，掏出腕表，指针懒懒地指着 7 点钟。

　　清晨 7 点钟前，住在他楼上的那位年轻大学生，好梦正在进行；迅速地按掉闹钟后，又埋进深深的被窝。

　　他的背脊依贴在妻子的肩膀，模糊的眼睛对着没有光线泄漏的窗格思索；今晨，还没有听到阳台传来鹦鹉的歌声。多么安静的一个星期日的清晨啊。

　　年轻人发现再怎么努力，也没有办法回到最初的梦境，无奈地把头探出来，却没有阳光来照耀；楼下那家吵闹的鹦鹉，今晨还没有歌唱。

　　他小心翼翼地离开被窝，妻子甜熟宁谧地仍沉浸在安睡中，走到窗口，食指轻轻撑开一格百叶窗的方格子。楼下王先生家浇花的滴水，落在一楼张教授家的遮阳篷上，滴，滴，答，答，从每一栋公寓的每一层楼微掩的窗户渗进去，惊扰每一个熟睡人的睡梦。

年轻人想不起梦了什么，随意地掰玩指关节，一面聆听闹钟的嘀嗒与水珠的滴答，此起彼落，错乱的节奏，单调、零乱地，渐渐地，蓦然想起不久之后将会有的一个聚会。

他的头往左微倾，眼睛穿透撑开的窄方格，斜斜地往上瞟，侧低一点，再低一点——OK！好不容易终于望见那一小方被四周林立高楼所包围的，窄窄的，灰蒙蒙的，阴郁郁的，仿佛飞鸟永远不会再经过了，像是会下场雨似的，沉重的，而不开朗的，压抑的，天空。

7点30分。年轻人忖度如果再不起床，将会因此把9点钟的约错过了。犹豫好久，终于下定心要离开温暖的被窝。

他最后决定还是不要拉起百叶窗，唯恐因此将甜睡的妻子惊动，就静静地站在阴暗窗边，随意地浏览她幸福的睡姿，那个柔软细致的颈项，昨夜，不知为什么地，突然令他思念起年轻时的狂恋，强暴地在那上面亲吻。脖子上留有一些粉红色的伤口。

年轻人挣扎着走下床，来到窗边一瞧，发现是个阴霾湿冷的坏天气，眉儿皱一皱，有点儿失望地走回床沿坐下，心里想：天气这么坏，雾一定很浓，今天又上不去高处了。从床角一大堆穿过的衣服中，选出一件蓝色粗格子衬衫，穿上牛仔裤，拴紧皮带，站在镜子前面，得意地看着自己健美的体格，用手指整理膨胀的翘发。

他将她独自留在阴暗里，轻轻推开儿子的房门，卷起百叶窗，房间里却仍是阴暗，空气中飘浮着对面一楼日新洗衣店传来的刺鼻的漂白水味。小男孩奋力张开眼睛，蒙眬地瞅着窗边的中年人，他走过去，轻轻拍打男孩红扑扑的小脸蛋。

年轻人走进浴室，将整张面庞刮得干干净净，不留一丝胡楂，好像一张刚步入青春期尚未长须的少年的脸。泡杯牛奶，倒些麦片，打开收音机，把桌上的日记本收起来，心里想太阳今天为什么不出来呢，实在好倒霉哦。

他一言不语，把男孩抱下床，替他拿了一件米老鼠圆领衫，男孩嘟着嘴说："不要！我要那件有黑豹传奇的。"中年人打开衣柜，找出那件有黑豹超人的夹克替他穿上，系上红皮鞋，又用手掌按按他的小脸蛋，好像有心事的样子。

年轻人一口气喝完热麦片牛奶，匆匆洗完玻璃杯，又急急忙忙进入浴厕。然后，又匆匆忙忙地拉下抽水马桶，在水箱的浮球尚未抵达定位之前，已经蹬上蓝色条纹白球鞋，轻快地步下楼梯了；用力关上公寓的大铁门，激起一阵金属的回响。修长潇洒的影子经过华玉女子美容院门口的时候，两个新来的女学徒恰好正不小心擦拭到铝门玻璃上漂亮的侧影。

8点05分。他二度到阳台巡视，隔着窗缝往内窥探，证实了妻子的确沉醉在美好的睡眠中，可能还要很久才会醒来。悄悄地推开大门，又将门轻轻地锁上。男孩揉着惺忪的睡眼问他："妈咪为什么不要一块去呢？"他沉默地牵起男孩的胖手，小声地走下楼梯。轻轻关上公寓的大铁门，也还是惊起回响。

年轻人立在遥远的站牌，注视父子二人慌慌张张快步走过来。父亲认得这个年轻人，是住在他家楼上的大学生。最近，他曾见过他一次。昨夜，他拿垃圾下楼的时候，见到他光着上身、穿着短裤，在楼梯间与女友亲热地吻别。他们加快步伐，渐渐与他接近，直到行至马路对岸的人行道时，突然停了下来；三辆紧密停靠在一起的 BMW 横在路边，阻断他们的去路。年轻人确曾见到他们焦急绝望的面容，也几乎为他们捏了一把冷汗。他们方才的确跑得太快，很努力！公车呼啸而过。

年轻人先上车，把司机后方仅余的两个位置让给他们，自己走向车尾，随便找根金属倚靠。

公车缓慢而冲动地行驶着，就像平常紧凑忙碌的上班日子，技术优良的乘客们不时计算着反作用力带来的惯性效果，并且随时变换身体的重心。偶尔，窗外会拂进一些沉闷带点儿汽油味的微风，在这种阴暗、缺乏阳光的天气中，却无助于改善每个人脸上凝重的神情；热热的气体流动于面庞之间，令眼珠有迷离之感。车子由木新路转入辛亥路七段后，高高的河堤便卧于左侧，一些晨起运动归来的老年人在上面行走，他坐在车里，没有办法见到堤下的景美溪，对于今晨的不告而别，尚未找到一个适当的理由加以解释；不过，目标好像已经在潜意识中了。他想，她不知道起床了没？临走时，他没有替她卷起百叶窗，可是洗衣店那种有洁净感觉的漂白水味，依然很有可能将她舒服地催醒。

当她轻轻地睁开眼睛，先会是一股冲动急欲拉起帘幕，迫切将室内的阴暗驱散，然后，发现今晨鹦鹉还没有歌唱，疑惑地碎步走到阳台上，发现它们只是无精打采相拥蜷曲在窝里，并未死去，脸上于是有些笑颜，嘴角轻声嘀咕："好差的天气啊，大概会下雨。"并向楼下随意地俯瞰。二楼阳台的花架上，新开了几朵萎缩的洋兰；日新洗衣店的大肚子老板跂起足尖，辛苦地将一张巨大半人马毛毯披挂在大铁钩上晾晒；粤灿国术馆的大师父站在马路中央，专心地比画太极拳。她随便地将鸟笼转了转，扭一扭因昨夜睡姿不良而酸疼的颈肌，哼着轻歌，走进浴室。她并不在意他的消失，她会以为他的不存在只不过是去河堤上跑跑步、伸伸腿罢了！

窗外一幕幕的景象，显得如此熟悉、重复，而单调，他每天上班都要一遍一遍重新温习；河堤之后，是怀恩隧道，越过兴隆路后，是辛亥隧道，而车子一直都会在辛亥路段上停停开开，开开停停，直至穿过基隆路口，转入木棉夹道的复兴南路，速度才会渐渐增快，而此时车上的乘客，将变得零零落落了。年轻人站在车尾，两只手臂平行吊在横杠上，人太多了，他无法弯下身腰眺望较远的风景，只是无聊地阅读一些陌生的脸孔与看板上的彩色广告。他忽然记起昨晚告诉自己，要找个机会好好证实一下年轻人那张健康俊美的脸孔，到底是什么东西使他一夜难眠，刚刚却又忘了，现在往后头望去，拥挤不堪的人群夹缝中，已经很难再清楚观测到那个健美的身影了。

她先用干燥的毛巾把凌乱的散发包裹起来，卷起宽大的袖口，对着镜子，细心地、反复地将牛奶、蜂蜜，与面粉精心调配而成的黏液，均匀地涂抹面庞，并且精确地调整一些松垮了的肌肉；那会是一张又惨又白的大脸谱。然后，走出浴室，来到儿子的房间，当她发现儿子不在床上，起先是片刻的焦躁，但敏捷的理智很快地就做出了推论：其实，男孩的不存在与男人的不存在，都只是同一性质的消失。她以为他必定牵着儿子的手与那些善于保健身体的人群，正慢跑在河堤上，而他的眼睛却分心地老是注视景美溪的曲折与白芒草的摇摆。正因为这个女人有这种自然而然不假思索就做出推论的习惯，很快地，这张充足睡眠的脸孔便立刻显出神清气爽的迹象。

一想起她那张粉粉厚厚的白脸谱，他不禁觉得有些好笑，而且，而且蛮恐怖的。

车子已经出了怀恩隧道，迎曦大厦前又接了一批乘客。一个系着粉红色发带的年轻母亲，将小钱包用力夹在左胁下，右手按在她小女孩的肩膀，辛苦地将她推至他们的膝前，抱歉地说："对不起。"小女孩一只手向后紧紧拉扯妈妈的裙角，与小男孩好奇地互相对望。他别过头，很快地读了一眼那张没有化妆充满自然风味的年轻脸，那样放任地将长发全都直笔笔抛到肩膀上，有一丝丝草原的气息，忽然，他看到她雪白的胸颈间落着一枚橙黄细致的小十字，又不小心看到一张惨白龟裂的脸谱，蓬乱的松发在风中掀飞，分叉，打结；他赶紧把眼睛眨一眨，又消失了，倾身对小男孩说："你来坐爸爸的腿，位子给这位阿姨和小妹妹坐。"

她听见了，连忙说："哦！谢谢你，我不坐，我一会儿就下车了。"

小男孩已经转身爬到父亲的腿上，有点儿害羞地仰面对这女人说："阿姨，你请坐嘛！"

她看了大人一眼，拍拍男孩的脑袋瓜，甜美的声音说道："谢谢你，小弟弟，你好乖喔！"然后，抱起她的小女儿，又小心又谨慎地坐在椅面没有发烫的边缘地带，头正视前方，有些摇摆不定的样子。

他搂紧小男孩，不知怎么搞的，本来有些愉悦的心情，竟在瞬间化成烦闷，只得继续对着无聊的窗景发愣，今日的第一则会话可能已经结束了，他想，今日的行程应该如何来安排呢？他实在很想知道那个健美的年轻人的方向。而站在车尾那个深具魅力的年轻人，已经和一位带小狗狗去看兽医的活泼少女，很快乐地在聊天了。他不小心又看到那张又惨又白的大脸谱。

她用清水洗净凝固了的白色凝液后，对着镜子，觉得自己的影像有点儿紧张，于是假装很喜悦地微笑一次。两片血红的油唇全力以赴翘至极限，又降下；又上升，又降下；又降下，又降下。不知为什么地，美好的心情再也上升不起来了，上升不起来了。于是走到长沙发靠下，预备跷起腿，发现送报先生还没有将报纸

195

从阳台扔进来；走进厨房，发现水槽竟然缺少他们喝过的牛奶杯子；回到卧房，坐在妆台前，不知为什么，柔软的细梳一再地将她的乌发梳断；又踱到阳台，眼光尽力地朝四面八方仰望，俯视，希望能不小心看见他与小孩恰好不期然地进入视野，他们也都穿着运动服装与球鞋，汗水中混合着河堤下菜圃中农人留下的灌溉味，一切皆与她的推论符合无误。笼里的鹦鹉们只是拥抱，警戒地睁着圆圆油油的小瞳子，好像十分怕女人，却是同情地在望她。她眺望又眺望，转着又转着大鸟笼，心中有一些些的寂寞。

他想，她一定不会就这样轻易地走出公寓大门，并且亲自来到河堤上搜集一些资料，验证一下自己的假设。他顽固的妻子喜欢坚持自己的推论，她会就这样虐待着鹦鹉，充满期待地往一公里外被重重楼层遮断的河堤全力眺望。这个女人看不见景美溪，不知道它如何姿势优美地在沙床上拐弯；也没看见小山丘，更不知道那些可以通往山顶的小路。可是她会自我幻想地以为千真万确看到了，看到了男人与小孩劳累地在草原上赛跑，而且期待他们的归来。女人不可救药地相信这种推论会愈来愈准确，于是下定决心绝不出公寓大门一步，专心一意地等待。他想，妻子的心里一定是这么想的，错不了。

一些年少的摩托车骑士，早已耐不住漫长无聊的长龙等待，纷纷把机车搬上行人道，在枯黄的榕树与榕树间自由穿梭，经过一家餐饮店门口时，都不忘顺便将看板上被风揭去一角的电影海报，撩一撩，内容是关于光明戏院的"新桃太郎"与景美戏院的

"人性的一场挑战"。猛地回头，发觉身旁的长发女人目光正穿过他与小男孩的肩膀，越过他的眼尖，借着那面布满尘埃的玻璃，向车窗外的遥远风景处探索，忽然惊觉原来他始终一直都出现在那女人的视野中，已然无法逃遁，而且他势必将成为她风景中固定的一部分，直到女人下车。他却再也不知应该如何顾盼了。

车后竟然传来一声可爱的狗吠，站立的人纷纷把头撇向后面，寻找声音的源头，他也回首探视，只听得一个年轻男子与少女清清脆脆的笑声，银铃般传过来。他专心地倾听，并不知道笑声中属于男声的那部分，是从住在他家楼上那位健康年轻人的声带发出来，只是假想他们好像灰暗天空中，乍然突破的一抹蔚蓝。

8点40分。当那对父子乘坐的公车正在湿黑、空气混浊的辛亥隧道内，因为塞车而困难地徐徐匍进，他的儿子面向着爸爸改变坐姿，用手掌抚触他两颊的胡腮，发出兴奋的叫声；他看见自己的脸与许多陌生人的脸，投射在玻璃面所反映的山洞斑驳脱落的砖壁上，都破碎了，他的脑子顿时不知何以继续为那只身留在公寓的妻子做推论；年轻人同少女的银铃般笑声与小狗的汪汪叫声，全被四面八方的喇叭声与引擎轰隆声淹覆了，听不见了。并非如他所推论，在他刚刚制造完金属的回响过后五分钟，鹦鹉们才开始扭扭脖子，抖抖翅膀，进行因天气太差导致情绪恶劣而延迟的发音练习，现在——他的妻子刚自梦中被阳台那喋喋不休歌唱已约三十分钟的鹦鹉唤醒，轻轻地张开眼睛，百叶窗覆盖的方格却无光线泄漏，揉一揉颈上的吻痕，回味昨夜的甜蜜，懒洋洋地爬下床，把百叶窗卷起来，发现阴霾的天空，怎么灰蒙蒙的一点儿蓝色也没有，走进儿子的房间，小男孩并未躺在床上，如他所料，她起先是片刻的焦躁；巡视了鞋架，又到阳台去，并非如他所推测，送报先生恰好来到公寓门口，瞄准他家阳台的窗口把报纸扔进来，不巧打中她的脑袋，"唉哟！"叫了一声，把头探出去，华玉美容院那两个女学徒刚把毛巾晾在屋檐下，懊恼地抬头仰望天空寻找太阳，恰好找到她充满欲望的困脸，她打了一个大呵欠；住在一楼的张教授夫妻刚从公园打完羽毛球回家，看见她若有所失地张望，同她招呼道："杨太太，早啊！没有出去玩？"她又打了一个呵欠，很有礼貌地回答："早啊！张教授，张太太，请问一下你们有没有看到我的丈夫和小孩？"张太太说："没有耶！"随即，听到公寓大门关闭时所引起的一阵金属回响；凭窗眺望了一会儿，并非如他所设想，她蹲下来捡拾报纸，并为笼里的鹦鹉们换置清洁的饮水与可口的谷粒；走回客厅的长沙发靠着躺下，并非如他所臆想，她打开今日的报纸，一面阅读新闻，一面在脑海中思虑清明地从事有关男人与小孩失踪的，各种不同的推论。手腕上的浪琴表，指针读着：8 点 50 分。

此刻，公车才从又闷又暗的隧道开出来，大多数乘客刚将他们捂鼻的手放下，隧道口、大招牌上，一尊慈眉善目的白观音，正和蔼亲切地同每个甫从隧道出来的人打招呼。左侧，市立殡仪馆的大门口两旁，停满着各式各样的大型游览车与私家轿车；广场上，人群聚集，撒落路边的黄纸片，被往来车辆压过去，飞起来，落在路中央。他看见一辆由黄菊与白菊相间补缀而成的华美花车，缓缓开进广场，车后肩挨着肩挤着两排表情模糊的人脸，仿佛听得见哭声，又一辆破旧的小发财货车，从一座建筑物的后面寂寞开出来，车上没有什么补缀，只有一具镶着光亮铜圈的乌黑木盒孤独躺卧，出大门后，便往隧道的方向快速驶去；广场尽头，靠近山脚下的边远地带，两根水泥大烟囱已经冒出白烟了，空气中有种奇怪的味道，不绝地与他记忆中留下的漂白水味互相干扰。他估计那个女人心中一点点的寂寞会在瞬间汇集而成无可抗拒的强大寂寞，现在大概已经四肢发抖地坐在梳妆台前，望着不堪目睹的自己，心中盘算如何来将这愈来愈迫切的焦虑驱遣（他的妻子正在阅读有关"蒋故总统"昨日奉厝大典的新闻，思绪暂时处于哀戚状态）。身旁那位年轻母亲正与小女孩眼对眼，手掌拍手掌，玩"一角二角三角形"的游戏，引开小女孩对送葬行列的注意力；他急欲将小男孩的肩膀拉过来，想转移儿子的目标，与他玩些游戏，已经来不及了，男孩充满好奇的目光牢牢盯在名扬棺木店前，一具刚髹好用铁丝撑开，晾在屋檐下曝晒的原木棺材，拉也拉不过来。蓦地觉得有些恐慌，胸口微微抽痛，真希望尽快驶离这条拥挤的路，可是，他又还没有思考出今日的去处？无论如何，她是绝不会轻易离开公寓大门，到河堤上去证实他们的不存在（她读了报上一则则动人的报道，不禁激动得流出泪来），她宁可运用丰富想象力假设他们在河堤上的一举一动。可是，当她焦急得眼角渗出泪液，不禁低低啜泣，埋怨他们（于是到妆台取面纸，将泪水拭干），对于这席卷而来的寂感，一筹莫展（报纸说某电台今天早上8点10分有作家联合演出的广播剧，纪念"蒋故总统"的逝世；她扭开收音机，寻找适当的频率）。忽然间，客厅的电话铃声大响（她找到频率了，可是，广播剧已经结束了），她慌慌张张飞也似的奔出去，拿起话筒，声音颤抖说："喂，杨公馆。"（她把频率调至ICRT乡村歌曲排行榜，轻快的音乐流泻室内）静默片刻，听到一个陌生男人的粗嗓子平稳地对她说："杨太太是吗？我是木栅分局的马警员，有人在景美溪畔发现一具大人和一具小孩的尸体，不知道是不是……我们不能够确定。可不可以请你来指认一下——"（她拾起电话筒，拨他公司里的号码。嘟……嘟……公司的电话没有人接。她又拨另外一个号码，母亲好久没有与她联络了，她想，正好可以回一趟娘家。）

想到这儿，胸口突然就不疼了，往身旁探视，那对母女已经在超级商市下车了，她的小女孩站在阶梯上，眨着乌溜大眼睛，朝趴在窗边的小男孩说再见，他望着那位年轻母亲的长发，心坎有一种瘙痒的感觉。两个穿中山装、佩戴黑纱的中年人投下钱币，来到他们身边站着，低声交谈一些有关方才公祭典礼发生的事情。车子正要开动，站在车尾那个漂亮的年轻人得到了一个好座位，少女的小狗狗听话地躺在他的怀里，睡着了；他们俩的笑声比刚才更清脆、更好听！当公车经过接近基隆路口的一片木棉林时，速度已经有点儿过于冲动了，他看到林中有两个中途脱队的小小喇叭手，欣喜地在草坪上漫着步、抽着烟。

公车穿过基隆路口，转进复兴南路，加速进入和平东路二段。望着一幕一幕快速剪接的高楼画面，对于今天的行程安排，心中却一点头绪也没有，他也不知应该如何进行有关她的下一步推论。

9点15分。他们都在火车站下车。年轻人与往兽医寓所的少女，在地下道口分别；他们说了一些话，留恋地握了手。年轻人随即往希尔顿大饭店的方向走去，在那儿有一群每逢假日背起营帐上山下海的伙伴，正生气地等着他，因为他迟到了。那对父子正要推开麦当劳速食店的大门，远远地发现年轻人的蓝色粗格子衬衫，渐渐隐入人海，又消失了。父亲赶紧拉着小男孩的手，急急越过马路，跑了一会儿，又发现那件衬衫，年轻人正满面笑容地与那一大群朋友解释迟到的理由。父子俩站在他看不到的地方守候，随时观察他的动静，直到年轻人与朋友们上了车，才又牵着小男孩的手急急忙忙跑过去，随着拥挤的人潮共同挤上这班开往阳明山的沉重的公车。

10点35分。他们都在山仔后下车。这对父子在人群中躲躲藏藏，唯恐被年轻人瞧见。等到他与朋友们走远了，父子才在远远的后头悄悄跟踪那件蓝色粗格子衬衫。此段往七星山的路途甚遥，这个父亲做大学生时也曾来过，只来过一次，很久没来了，早已忘记经过瀑布后，当年与妻子在那儿争辩到底要右转还是左转的结论，后果他倒还记得。现在，只有跟着满路的游人一起走，跟着年轻人那个健康的背影走。

山区阴天多雾，人群一走进浓雾中，便显得寥寥无几，只能凭声量约略统计人数；等到上了擎天岗，雾更浓，人数显得更少，游人们相互间以声音传递讯息，或者低头踩着前人留下的垃圾，不致迷失方向。这对父子最后在擎天岗标高 1120 的大草原上，无可奈何地把那件蓝色粗格子衬衫失去了，他们疲倦地相拥跌坐在云雾中，耳畔都是笑语歌声，身旁都是纸屑铝罐，衣服被雾水浸湿了，又忘记采购食物上山，身处饥寒交迫的状态。这位父亲却不应该忘记浓雾，放任儿子在他视力不能及的草原上玩耍。儿子看不到父亲，着急地喊着喊着，愈找愈远，声音愈来愈小，在小男孩忽而远忽而近的呼喊声中，有一个熟悉美好的笑声从远方轻轻传过来，这位中年男子突然得到了个好灵感，他继续着车上那段有关妻子的推论——

当她接到电话后，曾经有片刻想自杀的冲动，但是犹豫一会儿，立刻将那疯狂的念头放弃了，睡衣也不换地趿着拖鞋，用百米赛跑的速度冲向一公里外的河堤。她精疲力竭地爬完石阶，恐惧疲累孤立在高高的堤防上，极目四望，可是并没有看到警方人员，一个人影也没有，一具尸体也没有，早起运动的人们都已经回家去了；只有溪流，只有菜圃，只有芒草，只有白鹭鸶，只有野狗，只有那一大片看来像是会下雨的沉重的天空。景美溪的流域太长了，她又没有听清楚马警员所叙述的确切地点，她不知到何处去寻找丈夫与儿子的尸体。无助地坐在冰冷的石椅上，低低啜泣，又累又怕。可是，当她抬头瞥见白鹭鸶在青山之间翩翩飞翔，听见景美溪淙淙流过窸窸窣窣芒草丛中，心情忽然感到平静。她轻轻地抚摸那些围绕身边啃她拖鞋、咬她衣角的野狗，在领受柔软的狗头过程中，庞大冥然的思绪悠然回升出片刻有些沉静的忧伤。

穿过记忆的欲望

去年秋天这个时候，HS 回到故乡的大学任教。每天清晨，HS 穿着白灰底蓝直纹衬衫坐在车子里面，把衣服最上端的扣子扣起来，一边热车，一边把事先系好的领带套在脖子间，对着正前方的后视镜剪胡须。驾驶座旁边的椅子，放着熨烫整平的西装、当日的报纸、刚从冰箱取出来的纸盒装鲜奶。后面的车座井然有序地散置着过期的报刊、杂志、词典、书本、拆封的牛皮纸袋，和学生的作业报告。学期中，除了学校每个星期固定安排大学部与进修部的讲授课程，课余他也接受市内一些综合医院与私人疗养院所医生转介来的个案。在该校南方和附近渔村毗邻可俯望远处海湾一幢五层楼建筑物里面，HS 拥有一间个人的研究室，房间不大，大约四至五坪，以透明双面书柜隔出两个子空间，前半部摆了沙发椅、茶几，茶几上有一座迷你、可供计时的立钟，沙发椅上是温暖、舒适的抱枕，他和学生或是个案的会谈就在这个空

207

间进行。书柜的另一边，是一张大书桌，隔着透明的玻璃匣望过去，桌上、书架上和地毯上到处堆满了物品：考卷、稿纸、报纸、国外来的期刊、录音带盒子、公文、信件、咖啡杯子、咖啡……整齐秩序地安置在它们现在各自的位置上，这是他写稿沉思的地方。学校位置在该市西区滨海工业区外围邻接的新兴重划地，校地呈哑铃状分布，以正门为中心，分成南北两个校园。每天早上HS 从北区靠近山边的寓所开车到学校上课，为了回避交通尖峰时段上班的车潮，他习惯一出门即从社区后山南向的产业道路上路，途经港口，穿过水泥工厂，而很少取道市区。沿路人车来往虽然较少，距离却倍增，所以两条路径实际上花费的时间相差不多。这些就是去年秋天 HS 教授返乡任教的大概经过。

今年入春有一天，春节刚过不久，学校尚在假期期间，如同往常他清晨即起，按计划这一天他应该留在寓所内等候双亲自邻县机场打来的电话，通知他他们搭乘的班机，好让他可以在飞机抵达的时刻至航空站迎接他们，但是一件昨夜入睡前突然想起而现在却又忽然想不起来的事务，迫使他不得不立刻前往学校一趟，他自己也说不出为什么有这么紧急的必要，原本预定的计划因此步入歧途。就是在他驱车前往学校查证的旅途中，遭遇到返乡以来第一次令人身心无法控制都受到极大影响的异事，如日中天的事业因此甚至走上毁灭之路。

这一天，正如过去半年来他亲手为每一个日子编造的生活脚本，下床后，他拉开客厅的落地铝门，踮着脚尖快速踩过湿凉瘫痒的草地，取出信箱里的日报，稍略地浏览，顺手带进浴厕。然而，当他无意间意识到昨晚入睡前蓦然浮升忽又失去线索的灵光一现，深为健忘所苦，和平、笃定的脸庞不止一次闪示出忧虑、不安的神色。当车子自住家花园倒入巷道，开出社区，开始行驶在跳动不平的产业道路，他觉得车厢内着实有点闷热，便一边开启冷气，一边摇下玻璃窗户，这时报纸置于青色马桶盖的宁静画面才陡地降临他的脑海，右手松了开旋又握紧驾驶盘，想去扣那领口下方的扣子，发现领带忘了带出来，刹那间，从迎面吹来挟带清新草香的山风中，他闻出了不祥的气息。

事件发生在他受到内心忧惧、困惑混合的高涨的情绪驱使，不自觉地加速，超出他习惯控制的安全驾驶的速度范围，车子比以往预定提早的时间经过港口，紧接着上坡路段，进入滨海工业区，在一个十字路口的号志灯前，红灯亮了，蓦然间心灵感应到长久以来受习惯力量支配的必要，紧急刹车。世界霍然安静。

他的正前方是工业区的入口，铁栅门开放中，穿过贯通厂内的道路可以直接抵达重划地。不同于平日，这一天并没有看到熙来攘往赶着交接班的工人，也没有看见运载卸货的大卡车出入，不少工厂的大门深锁，景象显得几许荒凉。视线稍微上移，从头顶上的反觇镜，他看到正后方渐渐出现一个穿格子衬衫的摩托车骑士在他刚刚经过的斜坡上似乎正全力加速爬升朝他骑来，车后座运载的物品明显超出他身腰的宽度，看来重量不轻。HS 专心地凝视镜中加速的影像，几乎是以加倍不寻常的强烈的紧张和好奇，自己也说不出为什么临时会有如此冲动想要看清对方容貌的欲望。但是他无法控制内心的害怕，以致当对方愈来愈接近，出现在座车的侧视镜的时候，他痛苦地不得已把眼睛闭上去，从逼近面对的现实边缘躲了开。他只见到他宽阔的背影，雄伟地跨骑在摩托车车座，两只手稳稳地捉住前把，后座载着两只平行横置的瓦斯筒，停止在他的右前方，现在即使他不刻意逃开也完全无法见到他的脸孔。

上一瞬间，当双眼紧闭，不安之心痛苦地裹藏在黑暗阴影中，他的心里曾经兴起片刻疯狂、想要放弃自己的念头："加速吧，骑士！尽你的全力加速将我引爆！"过一会儿，睁开眼皮，他才幽幽想起这是不久前一个病人在治疗会谈时对他说过的话，可是为什么会在这样的情景重新回到意识，真实宛若是他自己生活创造的语言？HS 望着闪耀的红灯，内心悬处于即将引爆的压力状态，在晦暗深幽的心之地窖中，仿佛存在了另一个更接近真实的自我，他期待一场火光迸射的大爆炸，让光明的火花和燃烧的温度，照亮、融解他平淡缺乏波澜的生活。好像在这个拥挤沉默的地球绕了一个大圈子，才发现心中是一片寒冷结冰的海洋，生命中找不到什么可以燃烧取暖的记忆——也许根本不值得一活？！也许此时此刻我所面对的正是我自己的生命的十字路口？他想：我何不就在下个转弯的地方加满油门超越他，让这辆快速奔跑的汽车愉快地投入大海？

HS 无法立即辨认眼前这个背影是否就是他记忆中保留至今依

然常常在想象中运用来自我折磨取乐的那个影像？然而，内心的迟疑已先理智一步回答这项假设；以及父母辈朋友们口中谣传那位与家庭失去联系在外犯下数起刑案遭警方通缉，父亲登报和儿子脱离父子关系迄今下落不明的浪子？这位浪子的父亲曾经是 HS 的义父，所以他和 HS 应该也是算有半兄之缘。不久前，HS 在父母家里听到一些长辈们在议论这位兄弟。HS 没有勇气指认面前这个穿格子衬衫、体格健硕的男子是不是就是他们口述中变卖父亲田产卷款离开故乡后便再也没有人见过他的浪子？怎么可能父子同住一个城市，却见面不相识，或不曾相见？这些事都发生在 HS 归乡前在国外念书的期间。实际上，他与这位兄弟会面的次数寥寥可数；然而，他却被他影响了。

这位兄弟年长 HS 六岁，或者更大，从未听说过他曾长时间投入正当、稳定的工作，从事最久的一次是水手，后来，陆地变成了海洋，日子便未曾安定过，漂泊不定、缺乏责任感，是家族里的亲朋们对这个成员的一致评价。HS 的人生从来就没有和这位兄弟同在一条路上，他从小就顺着大众的指标一路往上爬，如今登上世界优美的高台，巍巍地站立在金字塔的顶端，俯望蠕蠕人流，危言危行，唯恐不小心坠落。他每日清晨即醒，无论是夏季或是冬季，总不会忘记在平整干净的衬衫外加件适合这个季节温度变化的西装、发型、走路的姿势、说话的手势、香水、领带的图式、交际的朋友、上课时或会谈中迅即变换的眼神，仿若是琳琅满目挂在一个人脖子上各式各样的标签，代表了这个人的价位，唯恐陌生人无法一眼辨识出他的身份及能力，每个标签上的记号都小心登录有关这个社会评判知识、财富与权力的种种等级。这就是 HS 教授目前的成就。

他的浪子兄弟则显得好似从未洗过一次完美清爽的澡，一早出门皮肤就受到日光炎热烤炙沐浴在酸涩盐渍的汗水中，梦里醒来不止一次无意识地抚揉挫伤肿大的手指，跟随季候改变敏感发作的伤关节，宽大脱皮的手掌轻而易举地将钢筒抓在手臂上，运用劳力生出的肌肉，无奈地蓄积着力量，找不到毁灭的目标，在心灵持续的挫败和虚无感中无止境地挥霍！

HS 望着摩托车上的背影，绿灯亮了，他让他先行，觉得两个人的世界差得好远，然而，他并不加满油门，超越他做一场精彩的自毁表演，违背了自己的初衷。他发现骑士粗硕的颈根似有微光闪动，帽檐下透出疏疏的发梢，他猜想应该是平头，黝黑匀称的体格看起来依旧像是年轻人的——也许猜测完全错误，他想，也许是记忆误导，在红灯时间欲望刚刚完成一次荒谬的演出，他的欲望没未来，属于过去。当光秃秃的海岸开始在右车窗浮现，湛蓝色的潮水立即淹没他的视野，他努力地回忆、推敲着欲望的根源。

有一年，一个家庭的父母带着他们的男孩到一个同事朋友的寓所拜访，一家人开车前往，那一年男孩是十五岁，戴着一副重重的近视眼镜，坐在汽车的后座，愁眉不展，几乎不开口说话，苍白的脸色显得相当贫弱。他常常在升旗典礼晕倒，有一次学校合唱团在舞台上表演时，他突然觉得眼前一片黑暗，支持不住从第三层台阶摔下来，医生说这个孩子得了贫血症，肾不好。他父亲的身体健康也不理想，半年前肺部切掉一叶，胆早就没了。那一次的旅途，驾驶是他的母亲。他们带了许多的水果和食品。因为不久前，一位相命先生建议这位父亲为小孩找一个义父，因为这个小孩的命数与他父亲的相克，也许可以改善他们未来的运气。自从他有了个义父后，接下来有一整年的时间他被大人们教导不能直接称呼他自己的父亲"父亲"，而是要叫他"叔叔"。他的心里觉得有些愤怒，但是非常悲伤，觉得自己真的好像是失去父亲的孤儿。那一天，他们留在新"父亲"的家里吃饭，那位浪子兄弟当天也在场，围在桌旁和他们一块儿喝酒，年轻人的表情看起来异常地严肃，心情似乎不太快乐，偶尔用过分专注显得不恰当的眼神凝盯少年，用手臂去碰他的肩膀。从他母亲略显无法控制的紧张和拘束，少年很快地察觉出她对这个年轻人的评断。直到回家后，他才听他们说起这位青年的性情十分暴烈，刚自外岛退伍回来台湾，他的父母一直没有办法管住他，只好无奈地期待他快点长大离家，听说他曾经在少年时代卷入一场帮派纠纷，在一次单独械斗中杀死一位少年。不知道为什么地，反而是了解到这些事后，年少的 HS 对这位兄弟的印象才开始深化，渐渐地发生了微妙的关联。

当天晚上，他做了一个噩梦。他梦见白日在义父家见到的兄

213

弟从背后勒住他的脖子，对方的手劲太强大了，他无法扳开，他想呐喊唤父亲来求救，但是喉咙被卡住了，发不出声音，他以为自己马上就会死掉。过一会儿，对方松开力气，他发现他并没有要置他于死地的意思，原来他是想要拥抱他，还要用舌舔他的脸，蹬腿让他屈服倒下接受他的示爱。如今，HS 终于了解这梦境的启示：他和他的世界相隔太遥远，愈走愈疏离，所以两个男人只好互相攻击，努力要克服存在他们之间的阶级，使其中一方的生命消灭，让痛苦的死亡融入另一方胜利的生存中。

又有一次，他梦到他用强劲的足掌踩在他的脖子上，他仰躺在炎热的泥沙中痛苦地扭曲，无法站起来，他的手掌无力移动他坚硬的脚指头，他高高地矗立，一动也不动，轻蔑地俯视他垂死的神情，HS 无助地想道这次真的是必死无疑了。可是，过一会儿，他温柔地蹲下身，热烈地亲吻他喉结上的足迹，咬住他的耳朵，轻轻说："因为你拒绝我，不让我拥抱你，所以我才想要杀死你！"

一个盛夏的午后，一个年轻人和一个少年来到一座树林的入口，他们把机车停在林中的空地，穿着短裤沉默地走入浓荫深处，他们要去寻找一条小河。接下来发生的事件，对 HS 而言始终是个谜团。他已记不得是否真有其事，或只是梦境，仿佛展现在梦中的后来都变成真实的欲望。一只小匙遗失在记忆的深海。他记不得是不是"叔叔"特别嘱托，或是他自己的要求，可能是父亲认为这个小孩的身心不够强壮，需要为他找一个具有体育方面特长的兄长，扩充这个小孩对体格锻炼及户外活动的兴趣，也可能是他独自幻想时，过度投入自我满足的情节，迷失了。他们赤足一起踩过湿湿的草地，来到河岸边，溪中的水流十分湍急，冲激在巖岩的表面，飘起轻轻的白烟，旋涡无声地吞噬着落叶、树枝，转瞬即逝。HS 望着，心中流过一丝寒意，心跳害怕地鼓动着，青白色的皮肤经山风吹拂，不禁冷得直打哆嗦。站在这位兄弟的身旁，他的心里觉得很安全。他崇高地屹立在青空下，抬眼仰望太阳，像一座山，内在蕴藏有无穷的力量，可是，这位兄弟是罪犯，HS 忽然想道，身旁这个人是杀人的凶手。过去在噩梦中经历的受害场面，立刻栩栩如生地重新回到脑海，令他不由得担心，想要赶快逃开这个林子，像是梦中的情景一样。他看见浅滩处，清澈的水底布满白色的小石子，远岸凌空伸出的岩石下，是一泓青绿色的水潭，水面平静无波，倒映着山顶的群树，日光穿透密密的枝隙叶缝，和水影上的光晕朦胧地扭动、扩散。他猜想他将会安全地带领他横渡潭心，但是他不知道该如何控制自己内心复杂的情感。

他忽而怀疑道：为什么是和这位兄弟一道穿过树林，来到这个河岸边？好似意识突然转醒——我们是要来这儿学习游泳吗？他记得出门前"叔叔"再三叮咛他要听这位哥哥的话。基于什么样的道理要把我托付给一个罪犯呢？HS 无法理解父亲的用意……

——我不太确定，或是下意识不自觉地否定，一天清晨醒来……我记得像是从溪水中刚游完泳，或是溺水被人救起，躺在草地上……好像是躺在床上，仍然沉浸在睡梦中，"叔叔"扭开门把，走进来……他要我把身体放轻松，坐在他的大腿上，用嘴咬他的乳头，他的胸部又湿又热的，混合了水草和泥土的味道……我说："叔叔。"他皱皱眉头，犹疑了一下说："起床了，上学快迟到了。"然后，开玩笑似的一只手伸进我的裤子……嗯，河岸边来了三位少年，仿佛三棵活泼美丽的小树，站在我们的背后，像风一样，轻轻地摇摆。"有事吗？"他扭头看了看他们，少年们并不回答他，青涩的脸孔像绽开的水仙花般无知地相觑笑了起来，他面有愠色，霍地跳起来，转向他们，二话不说就抡起双拳开始殴打他们，攻击他们，他自己也血流满面……

HS记得自己当时好似立刻就醒了，看见床边站的是"叔叔"，不禁嫌恶地瞪了他一眼，哭着跑去找母亲。此刻重新回想起，又觉得似乎不够真实，像是为开罪故意编造的谎言，他无从查证。HS记得曾经请求父亲拖延他的体格锻炼计划，因为他害怕，这位兄弟过度频繁地出现在他的幻想中，他不知道如何在现实中去亲近一位极端人物，也不愿让平淡的演出贸然侵犯想象的完整性。他焦虑地睡不着觉，精液宛若火山爆发般喷射出来，仿佛这一切，他的记忆，都只是他个人的一场虚张声势的表演，使他的现在得以一路呈现出一丝丝值得一活的意义。这就是HS教授十多年来

216

迈向中产阶级之路的心路历程。

*

　　男人打开房间的锁，把钥匙放在裤子后面的口袋，走进黑暗中，把电灯打开，一支生命将尽的烟尸迫促地在他的嘴角倾斜。HS 把门关上，身体倚着门背，现在这个男人就坐在他的前方，面对他，HS 可以完全正视他的脸孔，指认他。虽然身体没有远看那么年轻，但已经算不错了。他走上前来，眼睛望着地上，和 HS 站得十分靠近，将衬衫的下摆从裤缝里拉出来，一面解扣子，一面抬头似想尽快从对方闪烁不定的眼瞳捉摸出一些明确的意思，嘴角不断浮出意外的浅笑。HS 觉得自己的处境着实有点可笑，不久之后，他将完全回复到双重人格生活中众人皆不知的那个阴暗角落，而这黑暗他早已熟悉。相对于他习惯展现在众人眼前多么平凡、符合道德规定的人生，此时的卑鄙与贪纵又显得多么必要、不可或缺！他觉得头晕，浑身发烫，看到自己穿着西装笔挺，头发梳理得一丝不紊，为自己感到羞耻，愚蠢之至！他轻蔑地想赶紧将一切有害彼此自尊、扩大鸿沟的标签从身上解除，又最好不要显得过分矫作、卑躬屈膝，像是在降格以求。事到如今，他已经没有什么可在乎，恨不得一无所有。他全身裸体，曝露出白皙的皮肤，和会将一个人的自信心贬抑全无的肌肉，这些就是他全部的价值。他忽而觉得后悔，将自卑这般毫不防卫地呈现出来，

217

担心对方会改变心意。他仍然站着不动，没有近前一步的意思，不知道是对 HS 的社会地位心存顾忌，抑等待他主动破除芥蒂。HS 注意到他宽宽大大的脚掌，脚指甲缝塞满了泥污，他警觉地意识到自己已经不是当年那个穿蓝白条纹 T 恤、头发削得薄短可爱、总是要别人像父亲一样疼他、取悦他的少年，若不采取主动攻势，可能难有所获。他压抑太久，以致对心灵的敏感变化感到生疏。他了解到自己之所以百般地控制情绪流露、勤于思考，是为了避免与低下阶层接触，害怕在他们面前曝露苍白的身体，以及虚假的教养。他觉得自己很快就要变成一文不值了，一切艰苦培养而来的学术地位和财富很快就要在下一瞬间失去它们的魅力，彻底毁灭。他往前跨了一小步，而且不止一步，绕到对方的身后，试探地触摸他的肩膀，当他看到对方胳臂的疤痕和刮落的铁屑，他开始不顾一切了！唯他仍像无所感应，双手放在腰侧，HS 明了他是要任他摆布，等待他去撩拨他，HS 立刻便晓得如何去迎合对方。

就像记忆中那些片片段段萦扰于心的噩梦景象，历经千辛万苦，相隔遥远的两个世界好不容易在那片刻间在黑夜里找到了各自的希望，相同的爱情。HS 好高兴终于解除自我对公众生活那份矜持的欺骗，觉得恍若回到了童年，重新见到当年那个固执、心中满是困惑的小孩，如今这困惑已是他未来的光明。

魔王为父

退伍后，小林玉和他一起在大学城附近一家天花板镶嵌彩色玻璃拼图、室内栽种丰富花草、明亮的落地窗与镜子互相反射映照的高级美容发廊当学徒。由于高中时代念的是美工，很快地他们的艺术天赋开始在各式各样的发型设计中展开了。

　　自从小叔到美容公司上班，每隔一阵子，我的父亲会固定带领全家人到他工作的地方剪头发。那时候，他已不同我们一起住在永和福和桥下别人家公寓屋顶水泥加盖的小阁楼，他和小林玉在市区一栋摩天大厦租了一间舒适漂亮的小套房。我们通常在星期日中午美容院快要打烊的时候去，因为这时客人较少，小叔比较有空过来招呼我们。有时候小林玉也会过来一起帮忙……

　　多年以后，西元 2009 年的许多个每当晚夜来临，结束一天的生产，离开终端机，电脑把定量的字数传送给写作公司，从浴室走出来，我站在客厅进门的镜子前面吹梳及腰的长发，我的妻子龙生刚从美容公司下班回来，从镜子里我望见他立在我的背后，把发胶涂上我湿淋的头发，我们常常在这钢铁城市上空一间拥有良好空调设备和温暖的小室，一起追忆发生在上一世纪末底我的童年往事。常常，我感伤得不禁流下眼泪。

沿着旋转的银色扶梯拾级而上，二楼傍临马路一侧的明亮窗前，三张金属镜台，每张镜台由两面方向相反镜子构成，椅子黑色，圆底，高脚，背靠危危欲坠，两棵中年幸福树¹盆栽将各个独立空间区隔开来。她坐在第二张镜台靠左的位置，当我们到达的时候，似乎已经坐在那里一段时间了。以后每次去剪头发，都会看见她坐在固定的地方。

年纪约四十来岁，夏天穿橙红色粗蓝腰带金色环扣裙子套装，冬天外加一件靛紫色毛外套，把里面一个由许多小领子相连缀叠而成的橙红色大领子翻出来。跷着腿，略显沉重的短靴，穿过最后两个圆洞，鞋带极为勉强地打了一对小小的蝴蝶结，咖啡色网袜；头颅稍稍倾斜，上身保持不动，一手弯曲支拄下颏，另外一只自然平贴放在两块椭圆膝骨交叠裙摆突起部位；烫鬓的头发向后收集束成一把往前上绾用夹子固定盘在头顶垫高，发梢垂挂在额头上，泛着皱纹的颈背没有留下丝毫。面庞微微侧向窗子底那一边，静静地凝视，行人道上一株高高的木棉恰好出现在幸福树与她背后之间的玻璃空隙。

---

1 即马拉巴栗树。

往后，在我们的许多次造访，都只看见她的侧影，也没有见到小弟、小妹或是设计师过去和她说话。渐渐地我也放弃有皱纹的脖子可能旋转的想法，只是从落地窗模糊稀淡的碎影，迷惑地拼凑着，想象着。

我以为她是不是在等候哪一位忙碌的设计师，或是正在做一次严肃、十分重要的沉思——可是中年成熟的外表和旁若无人的凝然姿态，又似乎不全然是为了等待和思考，好像只是要冷漠地坐在窗户旁边，观看过往的行人，让陌生的路人望她，或者只是要用那看似热情的橙红色却使人不禁觉得冷的外表，使这太过明亮的金属、镜子，与大理石互相反照的空间结构，沉迷在她视而不见的存在中？我感觉到一种神秘的，无法形容的哀愁。

每次经过她的身边，我总是放慢脚步，小心翼翼地，希望能够从她粉红色的指甲呼吸到烟草的气息，或是想象看不见的涂着口红的唇角轻启，酒精的味道穿过齿缝从口腔流泻出来。以致当我日后回忆，几乎无法想起是不是真的从她身体嗅闻到这些曾使神经感到兴奋、紧张的气体分子，还是这些出自想象的感觉印象造成心理的恐惧、压抑——是我自己的天赋把我自己影响了？不过有件事情倒是不假，透过一个人身上留下烟草、酒精的痕迹，经过想象力的处理，可以使我对他产生尊敬，甚至害怕他。

接着，他就从她座位旁边地上四块大理石拼砖对角线对过来的距离——父亲、妈咪、弟弟和我围坐的方柱，面向窗子那一面底我的镜子出现了。楼层的格局，左边是一排朝墙并置的单独镜

223

台，中间用三列、每列有三根外表嵌合花岗岩壁砖的平行方柱划分，间或幸福树盆栽，柱顶直抵天花板，每根方柱装潢成四张镜台，台面饰以色彩鲜艳看来不像是植物，经过育种选拔脱颖而出的无害仙人掌，有的是斗鱼，盛放在高脚杯里，有的是非洲堇，尽头屏风的后面是洗发室——缸槽、躺椅和水龙头，井然有序地在自己的位置上。

我坐在高高的椅子，望着镜子，小叔以几乎准确贯穿四条对角线的直线步伐，影像行进重叠在镜中底我的，被我自己眼睛无法到达底我的背影分割，愈来愈放大。以一个十几岁孩童所具有关于视角影响视觉光线反射的知识，我揣测——四块大理石拼砖对角线对过去底她的镜子里是否出现与我眼球见到相同的影像？依照楼层的形式、格局，此刻她的眼网膜若想直接对他发生作用，或是从面对面的镜子切割剩下的分离画面细心找寻或许来自我面对底镜子反射到其他镜子再反射到她面对底经过多重反射与我眼睛收受到底载负相同影像的镜子底影像，似乎不可能……但是当他沿着银色扶梯拾级而上，有那么一刹那，他的正面蓦然出现在她的镜子中，巨大地与她面对面，可是她的存在好像只是为了要赋予楼层某种形式不太明确的哀愁，也许并不在意他的过境，可能眼角瞥见了，意识没有察觉。大多数的都市人来到美容院，找到了位置，系上了围兜，便以自己作主题的镜子为满足，脖子无法任意旋转，世界变成单面，设计师、小弟、和小妹，和他们硕大的面庞，相互映照，版面遭受脸谱切割，支零破碎，使得他们可以因此有很好的练习自各个不同角度进入、负荷不同光量的缤纷影像组合出新的风景。

日后，每当我与频频更换的配偶（有时我是抛弃别人的丈夫，有时我是被淘汰的妻子）追忆发生在上一世纪末底我的童年往事，她的视而不见变成一幅重要的图像，仿佛压积在童稚心灵底世纪末的愁绪，都将因其幻化。

他手提工具箱，走在对角线，愈来愈靠近。

他和父亲长得并不相像，他们是截然不同的典型。

我的小叔长得不高，瘦瘦的，有一双浓浓大眼，和清秀的娃娃脸，不太喜欢说话，很少笑容，好像藏了许多心事，可是别人和他相处，往往可以很快地就捉摸到他内心深厚的温柔。我的父亲非常粗犷，棱角凸起的面庞好像长了许多小山，身材魁梧，手大脚粗，具有易爆发的脾气和残忍的性情，力大无穷，是个真正的男子汉大丈夫。这些年来，每当我沉溺在回忆中分析父亲与小叔的形象，企图为长久以来心里无法化解的冲突寻找出口，无法不每一次都把时光倒回到1989年秋天的一个夜晚。

实际上，自从房门打开的刹那，小叔一只手按在掩脸的另一只手腕，平静地走出来——

日后，每当我努力想要忘掉那片刻间展现感官的血流印象，单独回忆1989年事件发生之前他在美工学校念书，中途休学，以及当兵退伍回来到美容公司上班的样子，无法不将鲜血涌动的手腕伤口，血渍扩渗的水泥地板，惨白没有表情的脸孔，流血的声音、颜色，和气味，整个儿地组织在一起来回想。

他一只手掩着脸，一只手按在伤口，异常镇静地推门走出来，白衬衫的胸前染成一片血红色。我们刚刚吃完晚餐，一家人围在桌旁看电视。他走到父亲的面前，移开手掌，面无表情地盯着墙上的电视荧幕，喉咙咕噜咕噜地发着模糊不清的气音，十分痛苦的样子。我几乎感觉得出血球正以某种意识将要知觉、尚未发觉的速度全力扩散，在潜意识某个边陲地带不太明确地扩散着。我的父亲迅即跳离座位，紧急地冲上前，一把抓住他，重重地背在肩膀上。

抢救展开之前，我的意识出现瞬刻极度的清明，并非理智清明至可以做任何强有力的推演，而是对一个十几岁孩童的心智结构而言，他的意识因为无法预测的环境压力，突然面临从所未有的断层，过往的陈迹和遥远的未来变成多么微不足道；时光向前推进，此时此刻形成日后时刻皆是现在——一桩影响力源源不绝的历史图像。

我的父亲送小叔到医院急救，小阁楼剩下妈咪、弟弟和我。我一个人心神不定地在客厅沾染血渍的地板走来走去，不时听见他喉咙挣扎发出的气流，还有血滴打在地上的余音，和腥味。

第二天，我在病房外面光亮、充满消毒药水气味的回廊，看见我的父亲揪住小林玉的胸口，将他轻盈的身躯提到半空高，粗暴地对他说话。小林玉背着书包，一手抓着玫瑰花，脖子像可怜的筷子被肌肉隆起的胳臂紧紧钳住，不能呼吸，另一只手无助地

226

在辽阔的背部抓来抓去。我的父亲朝前跨近一步，使他重心不稳，伸出一只手，顺地捞起双脚，将他举到肩上，身体几乎整个儿地倒转过来，然后眼睛眨也不眨地，狠狠地从空中抛下，就像他在电视荧幕上常常表演的动作。

在我们那个时代，有一个叫"×战×胜"的电视节目，每逢星期日中午播出，收视率相当叫座。每个星期日，我们那时代的人准时打开电视认识来自各大专院校戴眼镜的年轻学生，公司行号的大肚子主管和职员，美军电台的外国 DJ 群，新郎和新娘子，和刚蹿起打知名度的演艺界新人。制作单位为他们精心策划许多刺激、几乎置人于死地，却又会在紧要关头每每把命救回来的游戏。我们那时代的人喜欢坐在电视机前，观赏这些来自全台各阶层的同胞（以教育界和工商界为主），进入工作人员事先埋伏有很多小门的迷宫，一边尖叫，一边奔逃，或是走在高高的吊桥，被球击中，失去平衡，掉在坚固的绳网，幸免于死，或是穿上厚重的道具，在平衡台上像不倒翁一样笨拙地行进，还要躲避四面投球，如果不幸落地，只好任主持人在身上挖取任何可能具有价值的笑点，我们那时代的人因同胞全然无助的处境而哈哈大笑，把一个星期来的辛劳都忘却了。且有愈来愈多平日工作忙碌、关心股票、用功追求学问的现代人，冒着危险来到节目，寻求挫折感和恐惧感，让观众看见他们生命的原始真面目，内心也因此感到愈来愈快乐。由于报名的队伍太踊跃，主持人通常在节目接近尾声，当场抽出下周参加的队伍。我的父亲在节目中担任拿球丢人和推人下水的任务，有时遇上体格相当的参加选手，为了制造高潮，也会应主持人的要求，与对方扭打在地。我的父亲是"蓝魔王"。

长大后，我尝试运用21世纪日趋精密的心理学知识分析父亲的攻击行为——究竟是因为节目形态对"魔王"的任务执行默许，使他理所当然表现这一切几乎要置人于死地的残忍行为，但是为了贯彻节目以人命优先考虑的娱乐宗旨，与另外一位担任相同任务的"红魔王"不得不总是手下留情（制作单位再三交代）？还是这是造物者赋予地球上的男人务须成为拳击师、斗牛士、健力士和猎人的基本天性，使得他们擅长防卫和攻击？可是他没有把这种务须成为拳击师、斗牛士、健力士和猎人的血统遗传给我。

身为受人敬畏的"蓝魔王"儿子的我，无法像"魔王"父亲一样（小叔不能，小林玉也不能），当一个证券公司月入百万年轻貌美的营业小姐，因为没有遵守《大白鲨》游戏的规则（上世纪中叶，美国人拍了一部叫作"大白鲨"的电影，描述鲨鱼出没浴场吃食人类的故事，深获全球观众喜爱），当旋转轮盘停靠中途站，她安全登陆，可是忘记说："×战×胜我爱你！"就又跳上轮盘上路，侥幸抵达终点，他立刻用强大的力量将她抱起来扔进水里（救生员在池底待命）。甚至当她千钧一发攀住甲板边缘免于落水，他故意伸出小臂拉她上岸，又将她逼到甲板边缘，让她凌空搂抱他粗硕的颈子，使对方心存一线生机。可怜的白领小姐无助地尖叫喊救命，几乎忘记这只是游戏。观众乐不可支，以为又是制作单位故意放进来的笑点。"红魔王"来到，一个人从后面托住肩膀，另一个并合她的脚踝，当观众感到不耐烦，渐渐地不再快乐，他们就"一！二！三！"合力将她丢到池水里面。

观众永远不会明白涂满广告颜料宛若十分逗趣的魔鬼脸谱后面，我父亲真正的心理。我几乎清楚地看见了他内心的愤怒和残酷——就好像每次上美容院给小叔剪头发，对于那些穿梭在我们眼前浓妆艳抹、打扮得花枝招展、笑容十分僵硬的太太小姐们，他总是抱持很深的成见，恨不得把她们一个一个抱起来，通通丢到水里面。我真替她们担心（落地窗前第二张镜台左边穿咖啡色网袜和黑色短靴的中年女人，却是例外；她拥有底哀愁的情感，即便"魔王"父亲有多么大的体力，也绝不能使她屈从）。也正是因为我的同情心，我始终无法用坚强的人格面对她们，因此感到自卑——我担忧自己的男性会不小心失礼地伤害她们；或者因为攻击性不足，无法令对方感觉心狠手辣，招来讥嘲。我把她们一律视为完美不可侵犯的"女神"；在此族类，没有丑陋，都是美丽——这是我一辈子无法成为像"魔王"父亲那样受人敬畏的主要原因。

小林玉摔在地上，滚到墙边，额头撞在柱子突出的棱角，两行血流下来。然后，我就在镜子右上方找到一颗好手工修饰的后脑颅，打薄推高，削成两层，裸露的颈干剔得特别净透，看得见晶圆的毛细孔，右耳含着一只澄黄摇动的小环圈，白色长衬衫，棕色蓝条纹短裤，V字吊带，连父亲手臂都不如的两条瘦腿——

229

来自左边朝墙并置单独镜台第三张；他是小叔的爱人小林玉。他半蹲踞身体，正替一个体格魁壮我无法辨认性别，背影长得很像林青霞的人编织辫子，头发大概留到腰部那么长，已经编了五条。他出现在我镜子里的影子十分微小。父亲向前迈进，一脚踩在他的膝盖，弯下身子，提起他的肩膀，端端正正地把他放在椅子上。小林玉忽然失去控制地放声大哭。

瞬刻间，我蓦然从父亲在电视上从事的狙击活动，对一个孩童心理造成恐怖的印象，与眼前见到对小林玉残忍无情的攻击，产生联想。隐约觉到自己和小叔、小林玉，其实是站在同一个方向，父亲与穿橙红色裙子套装坐在幸福树后面的女人，他们对于心灵造成的胁迫、不安全感，站在另一个截然敌对的位置。

几年之后——20世纪末年，步入青春期，第一次在公共厕所与陌生人互相手淫，我逐渐明了在这个圈子里，抛弃别人和被别人抛弃并不是什么大不了的，为爱人自杀也是稀松平常的事儿，像小林玉和小叔叔历经波折分分合合最后仍在一起的例子，反而非常罕见。

我听见柱子后方传来父亲翻阅报纸窸窸窣窣的声音。每当这个时候，他必然是跷着腿，把鞋子架在台桌上，两脚打得开开；各地观众正看到他穿着圣诞老公公的红马靴，系着科学小飞侠的神勇披风，同"红魔王"在迷宫单元故意放水，让一位董事长的老夫人安然抵达出口（老夫人以为是凭借自己的老而不衰获得最后胜利），为"魔王"心地的仁慈深深赞许；此刻，他却穿着白汗衫、运动短裤，坐在即将打烊的美容发廊等候。从衣服外面就可以看得出这个人有很大的胸脯；然而在此美女秀男穿梭如云的集散中心，黝黑粗壮的背膀显得有些压抑。

渐渐地，我比较能够认识自己为何常常会有强烈的情感非要和肌肉发达、具有残忍性情与我父亲相同"魔王"形象，遗传拳击师、斗牛士、健力士和猎人优良血统的同性，发生恋爱不可。

幼年的时候，我有一个习惯，睡前一定要抱着父亲的大手，抚摸茸茸的手毛，否则不能入睡。可是不知道为什么，当他因为工作需要，裸露饱满硬凸的胸脯展示在众人面前，却不由自主感到羞愧，不敢承认他是我的父亲。起初以为是自卑感，因为我的父亲没有受过高等教育，也没有斯文的外表，他的肌肉和力量能够使别人战栗、敬畏，偶尔也会成为笑柄，我讨厌这一点——可是既然你如此憎厌他在众人面前赤裸胴体，为什么长大后却又希望其他与他具有相似形象的男人，用"魔王"在电视上对付中产阶级的方式攻击你，虐待你，使你挫折？——手淫的时候，我幻想很多"魔王"形象的男主角：战争，械斗，谋杀，和交媾；有时被迫害的对象也会以自己为主，我把自己幻想成完全地无助，没有抵抗的能力，置身在极端的恐惧中，而他们是全然地骁勇，要置我于死地——胁迫，杀戮，流血，与分尸；随伴紧急、不安而来底是内心窃窃的欣喜与舒快——可你从来不敢将"魔王"父亲列入男主角的黑名单——其实这也是为什么几年后，当我长成十八岁少年，读到海明威的情妇宝琳，因为善良妻子仁慈赐予百日旅行考验爱情，当她搭乘邮轮抵达伦敦，迫不及待寄来情书，信纸上有亲爱的"爸爸海明威"（PaPa Hemingway），多么渴盼也能唤一声"爸爸海明威"——呵！爸爸海明威的爱情！我知道，你是多么急切地想要在茫茫人海找寻爸爸海明威，否则你不会狠心地离开家，便不再回去了——他并没有宣布和我脱离父子关系，自然而然地，有一天我对自己说要出去寻找爱情，一出去就懒了回家……变成一只翅膀玷污的白鸽，自由地飞翔在一次又一次的爱情中途，每一次的停靠，所期盼的就是将过多无法处理的自由托付给陌生人——如今，爸爸海明威的爱情憧憬渐渐冷淡，你仅有的亦只是短暂的热情，巨大、更难抵拒的空虚，多么不稳定的爱情啊！

　　……也曾经努力和我称之为"女神"的完美族类交往，企图从和"女神"发生肉体关系的过程中，呼叫基因链锁上父亲应该遗传给我作为一个"魔王"的密码。可是它们没有听见。只好去投靠父亲的影子，把全部的自由交给与父亲相像的人保管，好让他们可以随时奴役我，支配我，在生活上的每件小事情使我挫折，因为我爱他们！因为我没有野心没收女人的自由，唆使她们做我自己也喜欢做的事！

　　刚刚进入圈子的时候，频频汰换的爱情，我沮丧得差不多要去自杀，我太执着爸爸海明威的择偶标准，而爸爸海明威在这个时代已经很稀少了，21世纪有愈来愈多男士丧失征服森林、海洋的野心，逐渐荒废原始祖先再三交代男性务须成为拳击师、斗牛士、健力士和猎人的志业，在我们这个圈子里更是稀世珍宝，更多的是温驯、害怕猎事的秀男——这也是为什么小叔高中时代和我们住在一起，我几乎没有同他说过话，并非畏惧他，而是笼罩在父亲的阴影下，已经微微觉察他对于大哥情感细腻之处，隐隐透露不安的讯息，其实和自己有很大的共通性，很小我便懂得为了争夺爱情，对于与自己气质相近的同类产生嫉妒心。

现在，他站在我的后方，把工具箱放在方柱左边空出的桌台，正要打开；无人面对的镜子，可以看见小林玉比较接近真实大小的影子，在编织发辫的过程中，不断起身，舒展酸了的骨节，时而回顾，用十分女性化的动作把垂下的刘发撩上去。当他与小叔同时在我的镜子里转身背对我好像他们是先在各自的光学领域看到对方的眼睛，才回旋面庞，目光在镜子外的大气中交会。我望见两根赤裸雪白的颈干，像是一对情深姐妹的背影。无人面对的镜子，可以看见小林玉小眼睛、淡眉毛的尖脸，架着一副圆框复古眼镜；他走路总像小鸟一样跳来蹦去，有一点三八，喜欢说笑话，是个无时无刻都很快乐的男孩。

在我面对的镜子中，小林玉微小的影子下方，镜缘突出一些些橙红色线条，如果允许脖子向左横移，我想应该可以很快就望见她手肘支撑下颏旋向窗外的侧影，和遭受方柱切割剩下二分之一的木棉，头发垫得如此崇高，心情显得如此沉重，更相信她是在做一次重要的思考。如果可以抬高臀部，眼睛望下逡巡，还可以瞥见咖啡色网袜，与勉勉强强打凑的蝴蝶结。一想到她，内心马上就有一股说不出的愁绪。方才小叔打她身边过来，我便盼望着他能为我带来掺杂在化妆水香气中的烟草酒精讯息。

一手执梳，头发打从梳齿细密狭长的间隙轻快流泻，瞪着浓浓大眼，他站在不同的角度观测，我感觉微温的掌心正以某种轻柔、谨慎的力度，在青春期尚未降临、发质还没有变硬的头颅估量；努力吊起眼皮望上瞠视，想探索他手腕的遗迹，可是已被雕饰人面狮身怪兽的皮手环巧妙地扣住。另一只拿剪刀的手臂，上上下下，两片闪闪晃动的金属燕尾，跃跃欲试。

小叔今天上身是美容公司的白制服，长衫罩在玲珑的骨架，略显宽松，下身穿黑色窄管打折裤，宽边银色皮带，扎紧环腰，衣服忽然胀满空气，原来已经相当瘦小的身材更为轻巧，刘海垂直下降直逼眉睫，清秀的脸庞失掉额头，更显娇羞，站在背后望着剪成球形的后脑壳，优美修饰的圆弧，弧线下方剃刀刮得干净分明，光滑的颈干浮凸一颗一颗剔透的毛细孔，简直无法当下判断他的性别。

他用白色围兜系住我的脖子，使我有窒息之感，我变成他的囚犯，冰冷的剪刀在耳畔挥舞，发出咔嚓咔嚓的摩擦，还有发屑飘落降在围兜、地板、皮肤表面的轻微碰响。我紧闭双眼，避免接触刺目的金属光芒，并且掌握适当时机，不时地打开，留心它的动向。

其实，这样一把轻巧精致的利剪，握持在纤细灵巧的小手上，颇为搭称，也适合主人薄弱体格能够施展的最大力度。如同"魔王"父亲每个星期日中午出现电视频道，站在罗马竞技场中央的圆木，单手支起经过特殊包装不会伤人的大锤子，轻而易举地击落肌肉锻炼有素、身材比他健美的白领人士；这是因为大锤子与猎人残忍的性格，完美地结合在一起。尤其当我渐步入中年，离开家庭，在外流浪多年以后，为了减轻因为不能承诺原始祖先作为一个勇敢猎人再三嘱咐导致的心理压力，已经慢慢改变少年时代非要成为"魔王"不可的想法。其实，拿着剪刀、梳子，穿漂亮的衣裳，擦芳香的化妆品，用细细的声音说话，也未尝不可以成为勇敢的猎人。

接着，思绪又倒回到1989秋天的那个夜晚，小叔很勇敢地用美工刀在手腕浮凸的脉管间割划，望着鲜血喷溅，把雪白的衬衫染成红色，并且很坚强地忍住哭泣，只是用喉咙咕噜咕噜发出我们听不懂的怪声音。那个年代，我拥有父亲的大手，抚摸茸茸手毛，进入梦乡。一次又一次新的婚姻考验使我认知许多害怕粗暴举止、服从社会规范、外表温驯的秀男，他们的内心愈是有残忍伤害他人和自我伤害的倾向，深层的欲望被敦厚的温柔轻巧地以掩饰、运用，他们是为背叛而背叛生存的族类；性格残忍如父亲者，却隶属忠实的团体，因为他们根本不感觉表现于外的攻击行为会对某些族群而言是残酷的、诱惑的，潜藏的原欲为简单的道德信念良好地以掣肘。

不知道为什么，内心开始感到惶惑不安，我突然担心小叔灵巧的手会不会趁我不注意的时候，把剪刀戳入我的瞳孔？用围兜细细的绳线勒住脖子，使我不能呼吸？或者用滚烫的沸水浇我的脸？当他替客人修剪发型，我不由自主地怀疑他是否也会很勇敢地使陌生人的颈干喷溅鲜血？

母亲抱着弟弟坐在方柱右边的镜台。弟弟那时三岁，胖嘟嘟的身体，十分可爱，又顽皮，骨架子长得像父亲，吵闹了好一阵，此刻躺在她的怀里，睡着了。我的妈咪是个额头圆润的女人，有一双清亮的大眼睛，挺拔的鼻子，和温柔甜美的嘴唇，眉毛淡淡疏疏的，直直的头发长到肩膀，小叔几次说要把它们烫短，她不喜欢；每次坐摩托车，她抱弟弟在前面，我在后面用手握住她的头发，怕被风吹乱了。她是一个性情温和，处处为别人着想的家庭主妇。白天，我的父亲跟随制作单位到中部出外景，她一个人在小阁楼用二手买来的老式印刷机，替客人印些名片、结婚丧事用的帖子，很少出门；有时候父亲提早收工，或是不上健身房举哑铃的日子，也会帮她捡字模，踩印刷机。他们经常加班到深夜。我的父亲原来在景美一家工厂帮人做纸箱，年前，一位我们从前住在台南乡下的邻居李叔叔在"×战×胜"中从事小天使的工作，介绍他上节目执行"魔王"任务。她安安静静地坐着，眼睛望地下，头发跑到肩膀前面，也不把它们赶回去，很不自在的样子。其实，她所面对的镜子，可以看见一楼梯口小型喷水池喷上来的水花，在落地窗斜斜射进来的光线中，显现彩虹。她是地球上我知道的"女神"中，唯一敢同她要性子、使她生气的女人，别人都说我长得较像她；她是我生命中最钟爱的"女神"。流浪在外的这些年，我常常在陌生人的怀抱想念她，我非常需要她。她爱我们每一个人。

有一次，剪完头发，我独自在美容院的镜子迷宫探险，发现妈咪抬着头，很认真地望着前方。走到椅靠背后，我喊："妈咪！"她没有听见。"妈咪！"我又喊。她直直地望着前方发呆。镜子里面也有一个与她一模一样表情，僵硬、缺乏笑容的脸孔，漠然地注视她；我的影子在她的旁边。"妈咪！"我喊。她没有看见我的影子，始终保持凝然不动的姿势。我失望地离开。

这个画面一直令我感到困惑。日后，每当我回忆橙红色裙子装中年女人的侧影，沉浸在哀伤的情绪中，常常情不自禁想起妈咪浑然忘我的表情，美丽的她忽然变得好冷漠，把我忘记了……有时，她们交替地出现；有时，她们会重叠在一起……想到可能再也无法从模糊交错的线影中找到我妈咪原来的样子，不禁焦急地哭出来了。

一直到我们一家四口剪完头发，离开美容院，幸福树背后的女人，依然坐在那里，维持原先沉重的侧姿，一动也不动的。

角力

下雨天的夜晚，特别是周末的雨夜，我喜欢一个人到竞技馆看角力。带着像是受尽捶打后舒畅呼吸的身体，一个人沿着寂静的街道，舔着嘴角陌生的血迹，承受体内一处找不到位置的伤口，温度急遽升高，不知道从什么地方吹来一片阴影，突然兴奋地高喊、快跑，满足地笑了。

然而，实际上我落荒而逃，并没有真的去看表演，只在竞技馆入口的电视墙前晃了晃，若无其事地观望上一季比赛的镜头剪辑，人潮加速地往场内移动，右下角的荧幕显示场内的灯光已经全暗，比赛即将开始，今晚UWF的新盟主K首度和新日本的常胜老将T交手。有着甜美酒窝的K，总在险战间隙不经意地流露天真的笑容，给予对手致命的压制，不知道这一仗他能不能成功取下T的冠军腰带？全部的画面都停格了，开战前出奇地冷静，下一刻全场的情绪将跟随台上的格斗和呐喊，全神贯注在他们始料未及的艰苦的战役，毫无困难地就脱离了外界的现实。

而我选择冷漠地离开，因为我的温度无法上升。理智的挣扎再一次掣肘内心征服者般献祭的热情，加深了自己对自己的憎恨，使我在人群中无法安然卸下激情的枷锁，戴着华丽的兽面，却不知如何跟随音乐起舞。狂热的庆典，仿佛是我的诅咒；毁灭与再生的仪式，深化了我的孤独与格格不入。像一只异常清醒的小船，静静地航行在黑暗无边的海洋，目标太渺小了，画面显得如此抽象、难解，仿佛它的谜自身就是它的答案。我举起手遮挡一束束迎面而来的刺眼车灯，也许是后悔仓皇离开？像是在求援，或是在撤退——即便完全不去控制，一个人的旅程也会有方向吧？嘉年华会结束的清晨，醒来会是在光亮清新的黄金天堂，还是濒临毁灭的地狱入口？

恍然间，我已来到昔日角力选手练习摔跤的道场。这是一座铁皮临时搭盖的两层屋棚，已经荒废多年，原来是一家食品加工厂，坐落在如今已是住宅重划区和港口工业区交接的边陲地带。当我还是一个初长成的少年时，它曾是我童年一切理想和欲望火花燃烧纠缠的黑暗王国——

多少个放学的黄昏，你像是一个纯白、美丽的天使，怀着初恋的忧伤，一个人在道场附近荒弃的小路上流连。金红色的夕晖温煦地烘烤铁皮渐褪的余温，你无所事事地撩动浪板剥落的铁锈，早已忘了当初铭刻的记号，影子浸染在夕阳的血泊中，情不自禁地为强大的犯罪的冲动攫住，恍若生命中一切有关罪恶与献身、理想与热情的秘密在那片刻间都向你展现了它们自身，你的身体、你的思想及你的情感，你的眼睛、你的耳朵及你的欲望，都被突如其来的敬畏和崇拜层层包围着，使你成为一名忠心耿耿的仆人。你的脸颊紧贴住浪板，倾听场内传来身体飞扬的声音，仿佛发自生命暗处最深沉的呼吸，如箭穿过对方肩膀与地板碰撞，喉咙被对手从后方锁住，绝望地张着暗哑的嘴，胸部被迎面呼啸而来的拳头拦截，关节遭固定痛苦地呻吟，受伤的眼角淌着血被踩在无情的足下……在这充满咆哮的祭坛上，身体突然脱离它们自己，成为物理力学的对象，像是献给古老宗教的圣洁祭品。在持续的攻击、防卫中，选手沉着地应战，凭借对身体力学的丰富了解，如同拆解精密组合的钟表机械零件般，熟练地搬弄对方的关节，控制其行动，避开掣肘，挫折其要害，他们深知把握关键的一刻反制对方，迅速计算精确的抗力点，让对方措手不及。身体与身体接触的密度在如此短暂的期间完全摆脱理智的控驭，与意志达成和谐一致，如同在秘密宗教中集体交媾象征的圆满、极致。但是角力中的高潮并不与个我的满足画上等号，而要提炼为单纯、自足的幸福。追求一种要能激发强烈企图心，贪婪地自心灵暗处汲取牺牲的热情，一种几近爱欲形式的强大渴望，而自身又要能以无比深沉的冷静和自制超越敏于感受的躯体，过着一种近似禁欲主义的刻苦的僧侣生活，对归属的团体忠诚不贰，而使他的身体在近身肉搏与对手无限接近时，能为一种纯洁的宗教情操主宰，以到达抽象、朴素的艺术形式。而你不自觉犯下的罪恶是：你一开始便被仪式排拒在外，却让自己成为了偷窥者。

那一日，当夜幕低垂，如同往常，你像是个日渐颓废的小天使，流连在道场附近荒弃的小路上，习惯性地守候最后一位选手离去。然而，这一天都还没有选手离开。你克制不住好奇心，试探地拉出未曾远途飞行的翅膀，轻轻地振动，然后你就飞起来了，身体缓缓上升，停格在屋檐下一扇布满尘埃的气窗。你的肌肉和骨骼转瞬间都壮大了，玻璃上映着一个与自己格格不入的男人影子，你小心翼翼地从灰尘中画出一个亮圈，然后你看见摔跤后的选手们汗水淋漓穿着短裤，跪在地上，围成一个圆圈，闭目冥思，似正祈祷，气氛异常地肃穆，一个为首的男孩子站起来，脱下裤子，站在圆心，一手圈住阳具，在另一手掌的杯中注满他的排泄液，然后彼此传递饮用，不发一言。你情不自禁勃起，忍不住马上就梦遗了，你以为是在梦中，其实是在现实中，你却泄露了应该向世人永远保守的秘密，失去神奇具有魔力的羽毛。所以你成为一个异乡人，无法融入人群，在恣肆狂欢的化装舞会中，清晰冷漠的外表显得多么突兀啊！失去手足舞蹈的能力，所以只有在书写中自满于小小的炼金术，孤独地和自己的影子格斗，追逐着不可知的迷信和疯狂。

当晚，我就在手记上写下一则故事大纲："HS下定决心抛弃家庭和工作，离开T城，到一个没有人认识他的边境，重新取一个名字，做一个连自己都不认识的陌生人。什么口信也没留地，当晚他就消失了。身上带着少少的金钱，穿着刚刚好不挨冻的衣服，第二天清晨，他在深山里一个荒弃的小客栈醒来，躺在秋天的芒草堆上，发现自己竟梦遗了，距离上一次梦遗已经是二十年，觉得自己真的好像重新做人，变成一个彻头彻尾的忏悔者，那些消逝的青春又失而复得了。他立刻为自己取了一个 A 开头的命名。"

风景的废墟——黄启泰《防风林的外边》

言叔夏

　　林亨泰的《风景 NO.2》（1959），作为单一意象的"防风
林"忽隐忽现，仿佛旅程中的一道窗景[1]。然而，在不断掠过眼
前的"防风林"之外，总还有一种"什么"在隐约干扰着"风
景"的行进。是作者的心绪？抑或是那诗语句中不断渗漏的、
一种关于透视的想望？在火车的推进之间，这些幽微的心绪被
转化为一道又一道层叠推延的风景——防风林／的／外边／还
有防风林／的／外边……仿佛不断向风景的深处去触探一条底
线。视觉的风景被转印成一道心灵的风景。它们暗示着一种对
于"外边"的悬念。从诗面上来看，透过连续性的断句，一座
又一座的"防风林"彼此接连。这样的断句，其实也是一种不

---

1 林亨泰说："这首诗，是我从溪湖坐车到二林，沿途看到一排排的防风林，过了二林以
　后就是海，可以看到一波波的海浪，我把坐在急驶的车上所看到的情景写下来。"见
　《追求音乐与绘画的诗境——诗人林亨泰专访》，庄紫蓉访问。http://www.twcenter.org.
　tw/thematic_series/character_series/taiwan_litterateur_interview/b01_8001/b01_8001_1。

断自我折返、闭锁的断句，词汇与词汇形成一个自我补足的意义环带，仿佛相互转注："**防风林"的"外边"，也仍是"防风林"**。"外边"的意义被蔓长的"防风林"侵占，产生意义的位移。链状的意义结构形成一个封闭的风景。在风景之中，这个不断被延宕、推迟的"外边"始终没有现身。它像是一片无法被收纳进风景里的域外，被诗中那不断生长出来的林木节节逼退，成为一个悬搁的词汇。

黄启泰的同名小说《防风林的外边》里，也有一趟伴随着防风林的火车窗景。那是小说里的叙事者一趟往东的旅程。小说没有具体的情节与故事；取而代之的，是对沿途风景的捕捉，以及那宛如鬼魅随行在侧的、关于防风林的预感。林木的影像晃荡在小说文本的间隙里，伴随着旅途中不断被改写、记录与擦拭的风景，还有那紧贴着叙事而呈现分裂，最终甚至死亡的叙事者。那样的"防风林"的"外边"，其实更像是一个来自文本外边的召唤，或一个从风景底部穿透过来的幽灵。它的出现无有逻辑，也不需话语。所带来的只有那遭受无名之物所干扰的不安，梦魇般的存在。

黄启泰的短篇小说集《防风林的外边》成书于 1990 年，距离林亨泰的《风景 NO.2》（1959），已有三十年的时间跨幅。作为中文写作光谱的两个端点，二者之间存在着一种微妙的联系与张力。引在全书开头的《风景 NO.2》或许是一个极佳的参照点，而那也暗示了黄启泰写作第一部个人小说集的书写位置：一种绝对的、带着诗质的、纯粹的外边。使他的小说在在僭越了那些以意义作为链结的防风林边界，越渡到文本的外边，展现了一种对写作本身的自我凝视。翻开整部《防风林的外边》所收录的几个短篇，都有这样的特征：情节关系不明的叙事逻辑、突入岔出的人物角色……唯一围绕的主题是"写作"——仿佛总有一个岔出文本之外的声音，中断叙事，让"写作"的行动本身浮现。书中的各篇小说几乎都饱受这种来自外边的阴骛侵扰，叙事主体呈现一种飘忽的状态。开篇《一座墓碑的身世》[1]为此定下了基调；透过每个段落"我"的跳切，小说里的叙事主体不断位移、逸散，并且借由主体的切换拓延情节的边界。每一个占据"我"的位置而发言的叙事者"我"，都预示着"我"的即将消弭：在下一个段落里，"我"将遁失，成为他者；且将有另一个"我"重新占据主体的位置。如此一来，小说里的"我是谁"将是一个不再重要的设置。叙事的主体渐渐从"我"滑移：那并不是"我"；在这里，"我"所指向的，是横轴风景里不断摊开的、类近于柄谷行人在国木田独步的小说里所发现的"内在的风景"，那些"难忘的人们"——一种可以被忘却，却偏偏记得，风景里镶嵌的脸孔[2]。

---

1 即简体版附录一。——编者注

2 柄谷行人讨论国木田独步作品中一种"内在风景论"时所言及的词汇："……这个人物对无所谓的他人感到了'无我无他'的一体感，但也可以说他对眼前的他者表示的是冷淡。换言之，只有在对周围的外部的东西没有关心的'内在的人'（inner man）那里，风景才能得以发现。风景乃是被无视'外部'的人发现的。"柄谷行人所讨论的"内在风景"，并非透过"外部的再现"而进入到主体的视域，因而并不是写实性意义上的风景，恰恰相反，它是一种内在心灵折射后的投影。见柄谷行人《日本现代文学的起源》，赵京华译，北京：生活·读书·新知三联书店，2006：15。

这个看似实验性格强烈，却充满抒情基调的路线，和黄启泰写作当下所处的台湾文学场域显然不无关系。《防风林的外边》结集于1990年，可说是90年代文学场域的某种典型。凝聚了80年代以降文学场域大行其道的自我解构风潮，后现代主义在对乡土写实文学的深刻反省与批判中建立起一套不断自我拆解的写作技术，因此，90年代的书写起手式，"后设"乃经常成为一种写作的先行，甚至是叙事主体观看世界的先验视域；而叙事主体自我意识的松动与游移，则在在使得文本里的"我"显得十分可疑。这里的"我"并非一般小说中由第一人称"我"所代行的抒情主体，恰恰相反地，那是一切语言系统与符号回路垮掉之后，碎片化的"我"。"我"所辐射、捕捉的"风景"仍带有一种诗性的抒情感觉；然而，由于符号系统早在后设的写作视域中自我爆裂，这里的"诗"已不是依附在一个紧密直接的隐喻系统，而是一种碎片化的剩余——仿佛透过碎玻璃无尽折射的诗意之光，所反照出来的"我"的碎屑。某种意义上而言，那确实也是"诗"，但更接近于废墟里的断简残篇。

这其实是写作主体显露危机的一种征状，危殆要挟着词与物之间的联系，并同时反扑着书写主体的存有。书中的《年轻计程车司机的海岸心事》即是此种主体危机的一种展演：

"一星期后，我便对这例行的'思考散步'感到厌倦了。山峦、海洋再也激不起我美妙华丽的联想；这段散步路途给我的木麻黄、水稻、玉蜀黍、沙滩、椰子、浪花、天空、云朵、山羊、乳牛……曾经一度在思维里荡漾出田园般的诗情，但这诗情是空泛的；塑造了意象在那里，我唐突地吸收进来，却发现自己毫无深刻的生活体验，只好又狼狈地将它们全部吐出来，——复归于它们在大自然的原来位置。"

前往东部海岸寻找写作题材的作家，终发现沿途散步的风景只有"空泛的诗情"，写作者因而追问书写与现实的关系。小说透过叙事者虚构的渔家女孩，对比年轻计程车司机所描述的、在现实泥沼里生存、不得不从事妓女工作的渔家女孩，真实的残酷终究倾轧过书写的虚构；于是虚构里无法消化的风景，"只好又狼狈地将它们全部吐出来，——复归于它们在大自然的原来位置。"然而，这经由写作主体的自我所反刍、吐出的风景，早已不可能是它的原初存在，而已是透过主体的废墟之眼所眺望出去的，废墟的风景，二度目的风景。

黄锦树将黄启泰纳入台湾内向世代的系谱之一，并以 1970 年代的七等生作为其源头 [1]。这支由现代主义的学院分叉出去的歧路，内化成为一种中文写作的形式主义入口——写作，经常是由自

---

1 黄锦树："我倾向于把黄启泰放入台湾'内向世代'的系谱，这一系谱的老祖宗是七等生，里头包含了两个大家，即郭松棻和舞鹤，而最近的继承者则是骆以军、黄国峻，展现的形态不一。"见《他者之声——论黄启泰的〈防风林的外边〉》，收于《谎言或真理的技艺》，台北：麦田出版社，2003：414。

我的世界作为第一片风景[1]；以书写栽植那片分隔着现实与外边的"防风林"。从这片"防风林"开始，写作中被叙事所布置的那片风景，便有了那样一种双向的意义。它一方面既是一种防御——以抵御那来自外边所吹来的、无以名状却又使人惶恐的风——换句话说，书写作为林子，是一件维系主体存活的工作；而另一方面，那样的风，援引傅柯[2]《外边思维》里所论及的、莫之能御的死亡吸引，混杂着那来自海上女妖的歌声魅惑，充满着吸引主体、以遁入外边风景的引力——当然那同时也伴随着坠入旋涡的死亡的威胁。于是，那错落层叠的"防风林"，便也以它那自林木与林木间的透光缝隙，暗示着书写者一种关于外边的悬念与欲望。而那缝隙，其实正是《防风林的外边》里南下列车上的叙事者，沿途时而闪现的，对于"防风林的外边总有些什么"的躁动不安。于是那小说中的叙事者最后终于**死了**——在小说的结尾，以一种没有凶手、没有意义也没有名字的方式，宛如**被遗弃**般地死在那片外边的风景之中，防风林的外面。这样的死亡，是暗示着在外边引力的吸纳之下，书写者的主体性最终将步上消亡的途径——"我"的死亡——或者换个方式说：写作主体从现实的抒情主体"我"，遁入外边（死去），被转换成为"他"；转换成为一个无法命名的"他者"。

---

1 比如那在日后其实朝向完全不同于写作之初的内向性倾向的陈映真与王祯和，甚至黄春明，都有过那样早期的一种内向时期（虽然是非常短暂的）。而较近期的如骆以军、赖香吟、邱妙津等更自不待言。

2 大陆译为米歇尔·福柯（Michel Foucault，1926—1984）。——编者注

黄启泰的同代人——同样写作始于 1980 年代末,在 90 年代达致技艺纯熟的邱妙津、骆以军、赖香吟等书写者,几乎在小说生涯开展之初,都同样遭遇了这样一股瘫痪写作、宛如走在死亡边际的外边之风。那是傅柯所指称的、从暴风海域上遭受赛伦海妖歌声的死亡诱惑,最终困难地重返生界,写下《奥德赛》的尤里西斯,为"小说"这个文体,展演了其自无有言语的外边空间归来的困难分娩,并且充分地冲击了这一世代的写作主体与其书写对象之间的关系。黄启泰以写作搭建的"防风林",或许正是那样自觉到一种来自外边的主体危机而必须被重新启动的防御工程,在早已被风吹得歪斜破碎的风景中,重新以字词黏合景物与主体的关系。但那往往具有高度的风险,并且经常是有碍于书写之健康的。这不知是否是黄启泰多年以来只成书一本的原因所在?毕竟去过地狱回来的目光足以将眼前景物都催枯成白骨,书写如何重新降生于风景?或许是内向世代一代人的共同承担。

一座墓碑的身世 [1]

我是一座墓碑，一块雕镌死亡生辰约会的大石头。我守护的主人是一个生命还很年轻就从人间消失的美丽少女。目前，她在地球深深的泥里生活，尸体正在腐烂。

我就是那位早逝的少女，虽然离开人世的时间非常短促，可是在地球有个依然善待我的情人。这位情人长得很美丽，头发长长，有一张宛若希腊雕像的神秘面庞。他是葬仪公司驾驶花车运载尸体的工人。在我人生最后一次的旅途上，我们相恋了。

我欺骗我的母亲，抛弃运载尸体的薪水，去从事一份计程车司机的工作。可是我不务正业，什么事都不想干，每天想的只是驾车到情人居住的墓园，陪她一同看大海；因为我舍不得这样的少女。

---

1 此篇为繁体版自序，收录于《防风林的外边》，台北：尚书文化，1990。——编者注

黄昏的时候，牧羊女吹着短笛，赶着羊群，从那个山头走到这个山头，走进寂静的墓园。年轻的计程车司机靠着大树的身体，望着墓碑，低头沉思。夕阳的光芒，满眼的坟冢，好像一幅缩小的受到鲜血浸渍的教堂尖顶的集体图像。

　　我是牧羊女最钟爱的白色小山羊，系着主人最珍贵的两只铜铃铛，不合群地四处蹦跃，故意在年轻计程车司机的身边翻筋斗，用角抵触他的手肘，啃啮皮鞋底下的青草，因为我喜欢他，希望这样潇洒优美的年轻人也能够疼爱我。可是，我是一只任性的小山羊，常常使主人生气得流眼泪，因为我老是固执地做一些令她忧虑而我自己丝毫不觉得危险的事情。

　　我独自漫步崖缘，观赏陡峭的岩石缝隙，到处生长着箭竹、百合，万丈下的大海这般湛蓝，激动我的心灵，不知道为什么我突然觉得很寂寞，内心非常不快乐，很想要跪下来尝一尝这样的食物，跳一跳这样的大海——我又如何能够忍心背叛我的爱人，去接受生命与死亡的联合邀请函呢？

林中小径 [1]

　　记忆中有一条小径，构筑在木麻黄树林里深处，从林子外边看不出来。在我很小的时候我的母亲就已预先带领我走完全程，保存这世界所有最美好的光彩和音效。虽然在往后的日子，总不乏无名人士在脑海中默默地从事拓宽的工程，延长它经过的距离，但都不超过我母亲最初的估计。不久，野草和海沙就湮灭了路面。可能是我自己不小心遗忘。

　　有一些时候，当我刚结束上午的会谈，一个人疲倦地靠在治疗室的扶椅对着电灯吐空烟，从有关个案心理问题的各式各样错综复杂的推论中寻找焦点，或是等待下午约诊的个案，心焦不安地坐在桌前阅读病历，播送上一次会谈的谈话录音，也就是一日之中阳光最是炎热、天空最是晴朗的正午时分，内心不由自已地

---

1 台北"元尊文化"曾计划再版《防风林的外边》，此篇为当时拟定发表的自序。——
　编者注

升起一股强烈的模糊的欲望，想要上枝叶遮蔽、不见日光的林间小径，走一走，游一游。

有时候我空着肚腹前往。有时候我突发奇想穿着童年的水兵服，一手抱着装肉的篮子，一手提盛水的器具去野餐。有的时候，我骑着白色小机车（我的白驹）长驱直入，树林子里太幽暗了，看不见路面记号，只能加满油门尽速朝前冲刺。在电掣风驰中，我忽然怀疑自己到此一游的真实目的。

依照我母亲私下传授给我的讯号，小径的起点位于一处无人曾抵的陌生海湾，由陡峭的悬崖上升起一座整洁的墓园，傍海而筑，衔接通往树林里黑暗的入口，闪亮的墓碑上镌刻着许多性情温和、五官俊秀的年轻人的肖像，当夜晚来临，海边风景因此显得更加凄寂，也更加美丽。小时候，我们曾一同在黑夜中走过，轻声地交谈，与沉默。现在无从回想的记忆的始点。

然而目前的景况，至多我只能循着人烟围绕的村庄，偶尔幸运地寻获进入树林里的秘密小径，无法从起点开始走完全程。我不知道是什么原因使得我无法走回头路，长久以来只能顺着一个相同不变的方向旅行，做定点思考，在缺少任何时间允诺的无压状态下，飘浮在黑暗中野餐，咀嚼生肉。夜深人静的时候，一队队我无法估计其正确数字，像小树般欣欣成长，健康、漂亮的年轻士兵，打远方的墓园严肃地朝我走来，那边的天空有星光低垂映射海洋，像起伏不定的爱欲般清晰而强烈，他们是我特别清醒的梦幻。一离开墓园，来到我驰骋经过的公墓，他们便忍耐不住激动的情绪，无法克制心中的快乐，开始忧愁地放声高歌。他们都是我的梦。

白天阴暗晚上光亮的玉黍蜀，因枝丫萌发新的果实，初生的嫩芽止不住地颤抖，流出透明的眼泪。我渴望木麻黄与木麻黄树干间生长的距离，不要过于拥挤，枝叶不要太茂密，以便在我仓促无法稍做停留的短暂旅程中，在毫无希望的间不容发中，或许可以从预留的树木空隙中一瞥林子外的深蓝大海，也许在星空下，也可能是一大片白花花的阳光，而她总是不安地一再试图去调整自己的呼吸。渐渐地，在忽明忽暗的光影变化中，我透视自己骑着一匹温柔健壮的白马奔驰在我自己即刻将前往的方向，后面坐着一位忧郁沉默的少年，他的一手拥抱小提琴盒，一手提着用枯花凋叶装饰的水果篮子，因为速度渐趋和缓，他的双臂无须紧紧环抱我的身躯，四周的景物变得清晰可见，路面上书写着神秘可爱的图形与记号，马蹄声与海潮声就在逼近距离范围彼此交互附和，使我们赶路的情致不知不觉也变得悠闲和快活起来了。他是我精挑细选最钟爱的一位年轻士兵。每至一处月色优美或是阳光灿烂的好地方，我们一定不会错过跃下马背，在沙滩上，或是在林中空地上，展开野餐盒子里的红白格子布帆，一同注视我们的白马浓浓甜蜜的大眼睛，欣赏她长长的睫毛与潮湿的鼻孔，引导她低下头在我们为她准备的盛水容器里喝水。少年伫立在及膝的海水中演奏音乐，浪花无法溅湿迅速的琴弓；我有时在沙滩上照顾烤肉的炭火，有时躲到树干的背后埋头写诗，低声唱着不敢让他知道的歌词；有的时候，我们一同枕着温暖的马腹，凝望星空，或者是浮云，使我们的幻想和梦境融合为一。

　　渐渐地，愈来愈快地，几乎不能控驭地，我就从左前方的后视镜看见了梦寐以求的有色彩，还有音响的林中景象。

图书在版编目（CIP）数据

防风林的外边 / 黄启泰著 . -- 北京 : 九州出版社，
2020.10（2021.7 重印）

ISBN 978-7-5108-9373-5

Ⅰ . ①防… Ⅱ . ①黄… Ⅲ . ①短篇小说—小说集—中
国—当代 Ⅳ . ① I247.7

中国版本图书馆 CIP 数据核字 (2020) 第 139886 号

著作权合同登记号 : 01-2020-4381

防风林的外边

作　　者	黄启泰　著	
责任编辑	周　春	
出版发行	九州出版社	
地　　址	北京市西城区阜外大街甲 35 号（100037）	
发行电话	（010）68992190/3/5/6	
网　　址	www.jiuzhoupress.com	
印　　刷	天津创先河普业印刷有限公司	
开　　本	880 毫米 ×1194 毫米　　32 开	
印　　张	8.25	
字　　数	160 千字	
版　　次	2020 年 10 月第 1 版	
印　　次	2021 年 7 月第 2 次印刷	
书　　号	ISBN 978-7-5108-9373-5	
定　　价	45.00 元	